社交界の毒婦とよばれる私

~素敵な辺境伯令息に腕を折られたので、責任とってもらいます

来須みかん

イラスト
眠介

ファルトン伯爵
セレナとマリンの父。マリンを可愛がるが、セレナには酷い態度をとる。
エディ
バルゴアの騎士団に所属しており、リオの幼馴染兼護衛。口は悪いが、面倒見は良い。
マリン＝ファルトン
セレナの異母妹。天使のような外見で、社交界では「姉にいじめられる妹」のふりをし、同情を集めている。
コニー
セレナ専属のメイドで、セレナのことが大好き。セレナを傷つける人は許さない、かなりの狂犬。

Contents

第一章　はいはい、頭からワインをぶっかけてあげますね

私は昔から空気を読むのがうまかった。

だから、この夜会会場で妹が今、私に何をしてほしいと思っているのか分かってしまう。

私は、この母親の異なる妹マリンの望みを、ずっと叶《かな》え続けないといけない。

そうしないと、マリンは父と継母《ままはは》に告げ口をするので、私はまた食事を抜かれる。

ファルトン伯爵である父から、愛を与えられないことにはもう慣れた。だけど、食事を与えられず味わう空腹感にだけは一生慣れない。

苦しくて、つらくて、すごく惨《みじ》めだ。

そんなときは、私を残して逝《い》ってしまった母のもとに行きたくなる。

でも、優しい母はそんなことを望んでいない。

そんなことをして母のもとに行ったら、母はきっと泣いてしまう。

だから、私は生きるために、マリンのお望み通り、手に持っていたワイングラスの中身を頭からぶっかけてあげた。

マリンの顔に赤ワインが垂れて流れていく。フワフワの金髪もワインで汚れてしまい、翡翠《ひすい》

のような瞳が大きく見開かれた。

外見だけは天使のようなマリンが、そんな目にあわされて周囲の人たちからは小さな悲鳴が上がる。

でも、これでも、まだ足りない。

次に私は大きな声でこう言ってあげた。

「あ〜ら、ごめんなさぁい」

ちょうどダンスが終わり、静かな音楽に切り替わったところだったので、私の声はホールに響き渡る。

その途端《とたん》に、夜会会場中の視線が私とマリンに集まった。

マリンが悲しそうな顔で「お姉様……。どうして……」と呟《つぶや》けば、それまでその他大勢の令嬢だったマリンが急に主役級の輝きをまとう。

ほらね？　それまでお目当ての男性の視界にすら入れなかったのに、今は彼の視線をマリンが独占している。

今日のマリンのお目当ては、バルゴア辺境伯令息だ。

王都から遠く離れたバルゴア領は、広大で豊かな土地を持ち、その軍事力は王国一だと言われている。

国王陛下すら一目置くバルゴア領のご令息。

今この国には、王子がおらず2人の王女がいる。第1王女は公爵令息と婚約していて、第2王女はまだ幼い。そんな中でバルゴア令息は、婚約者のいない結婚適齢期男性の中で一番爵位が高い。でも王都から遠く離れた辺境伯領で暮らすバルゴア令息を見た者はいなかった。

だから、ひと月前ほどに『あのバルゴアの跡継ぎが嫁を探すために夜会に参加するらしい』とウワサになったとき、王都で暮らす貴族たちはざわめいた。

そのウワサを聞いた令嬢たちは、期待に胸を躍らせながらも「でもねぇ、バルゴアって田舎《いなか》でしょう？」とか「とんでもないブ男だったら、いくらバルゴアでもごめんだわ」とかあざ笑う。

マリンも「田舎者になんて興味なぁい」と相手にしていなかった。

ところが、実際にバルゴアの令息が夜会に参加すると、令嬢たちはすぐに彼の虜になった。

バルゴアの令息には、王都に住む貴族のような華《はな》はなかった。髪色はダークブラウンで、きらびやかさもない。

だけど、後ろ盾になっている親族のセンスがいいのか、田舎者臭さなんて少しもなかった。装飾を抑えた上下黒の衣装は、長身で鍛《きた》えられた身体を持つバルゴア令息の魅力を引き立てている。

大柄なので一見、近寄りがたい雰囲気に見えたけど、彼が側にいた夫妻に「叔父《おじ》さん、叔母《おば》さん。ありがとうございます」と微笑《ほほえ》みかけると、その恥じらうような笑みに、令嬢たちは心を打ち抜かれた。

なんと言ったらいいのか……。バルゴア令息には、華やかさはなかったけど、王都の遊び慣れた貴族男性にはない誠実さがあった。

『ああ、この人と結婚したら、私は生涯大切にしてもらえる』

王都中の未婚令嬢に、そんな夢物語を信じさせてしまうような不思議な魅力をバルゴア令息は持っていた。しかも、あの国王陛下も一目置いているバルゴアだ。お金も腐るほど持っている。

そんな好条件な婿候補を、私の異母妹マリンが見逃すわけもなく。

マリンも必死にバルゴア令息にアピールしようとしたけど、令嬢たちに取り囲まれていて近づくことさえできていない。

だから、マリンは、わざわざ大嫌いな私の側に来た。

「セレナお姉様、夜会楽しんでいますか？」

これは妹からの合図。意味は『私は楽しくないの。さっさと私を楽しませなさい』だ。

マリンは、いつも通り悲劇のヒロインになることを望んでいる。

だから、私はいつも通り異母妹をいじめる悪役を演じた。

私にワインをぶっかけられたマリンの瞳には、涙がにじんでいる。周囲にいた貴族たちがマリンに近づいてきたけど、残念ながらマリンのお目当てはあなたたちじゃないの。

お目当てのバルゴア令息をこの舞台に上がらせるために、私はさらに大きな声を張り上げた。

「マリン、気安く声をかけないでって言ってるでしょう⁉　愛人の子の分際《ぶんざい》で！　あんたにはその汚れたドレスがお似合いよ」

私が鏡の前で一生懸命練習した『意地の悪い笑み』を浮かべると、マリンは言い返せずおびえているふりをする。

人のこと言えないけど、あなたも本当に役者よね。

ここまですると、ようやくお目当てのバルゴア令息がこちらに近づいてきた。

やれやれ、男は本当に悲劇のヒロインが大好きよね。

でもまぁ、女も颯爽《さっそう》と現れて助けてくれるヒーローが大好きなんだから、どっちもどっちか。

バルゴア令息は、近づいてきたもののマリンに声をかけず、ポカンと口を開けていた。

もう……これでも、まだ悲劇要素が足りないの？　さっさとマリンを助けなさいよ。

ほら、マリンが助けてほしそうに、そっちをチラチラ見ているじゃない。あなたが助けないとこの茶番は終わらないのよ。

仕方がないので、私は演技を続けた。

「マリンたら、こんなに着飾ってたぶらかしたい男でもいるのかしら？」

そんなことを言ったけど、マリンは清楚《せいそ》系の可愛らしいドレスを着ている。それに比べて私は胸元が大きく開いた身体のラインが分かるはしたないドレス。もちろん、マリンに無理やり着させられている。

男をたぶらかす気満々なのは、どう見ても私のほうだ。

「ひ、ひどいです！　お姉様」

そうね、マリン。あなたは本当にひどいわ。

父の愛もあの家の財産も全てあなたのものなのに、どうして私を放っておいてくれないの？

どうして、私にこんなひどいことをさせるの？

あなたが昨日、ふざけて私に投げつけた花瓶《かびん》、肩に当たってすごく痛かった。今も腫《は》れて痛みをこらえるのが大変なの。

それでも、私は事前にマリンに指示されていたように、右手を高く振り上げた。ズキッと肩が痛む。

こうすれば、私がマリンを叩《たた》くように見える。暴力が振るわれると分かれば、どんな男性でも慌《あわ》ててマリンをかばう。

バルゴア令息も例外ではなく、慌てて私とマリンの間に入った。

ほら早くマリンを抱き寄せながら、私を罵《のの》りなさいよ。それがマリンの望みなのだから。

でも、バルゴアの令息は、マリンではなく私の振り上げていた手首を掴《つか》んだ。

ああそうか、マリンをかばう前に、叩こうとしている私を罰する気？　あるあるよね。

私が背の高いバルゴア令息を下から睨《にら》みつけると、バルゴア令息は私の手首を掴んだまま小声でささやいた。

「素晴らしい演技ですけど、これ以上はやめたほうが……」

今度は私がポカンと口を開ける番だった。

「えっと、あなた、肩を痛めていますよね？」

バルゴア令息は、ドレスの上からそっと私の肩に触れた。

「ひどく腫れている。相当痛いでしょう？　医者に見せていないのですか？」

予想外すぎて、私はつい小さく頷《うなず》いてしまう。

伯爵邸の中で、私の味方は一人しかいない。私専属のメイドだけが私に優しくしてくれる。

でも、そのメイドは医者ではない。私がケガをしてもメイドにはどうすることもできないし、父は私のために医者なんて呼んでくれない。

私を心配そうに見つめる、バルゴア令息の紫色の瞳に動揺してしまう。

今まで、こんなに純粋に男性から心配されたことはない。貞淑《ていしゅく》とはかけ離れた格好をしている私に近づいてくるのは、『あと腐れなく一晩だけ遊んでやろう』と考えているクズばっかりだった。

もちろん、一度だって相手にしたことはない。相手にされなかった男性たちが、ウソと悪意にまみれた話を広げて、私の評判をさらに落としていく。

気がつけば、私は『社交界の毒婦』なんて呼ばれていた。

「は、離して！」

私がバルゴア令息の手を振り解《ほど》こうとしてもビクともしない。暴れて体勢を崩した私をバルゴア令息が抱き留めた。

その瞬間。

ゴギッと鈍い音がした。

バルゴア令息に掴まれていた手首に、強烈な痛みを感じて私は声にならない悲鳴を上げる。

そんな私の代わりに、バルゴア令息が悲鳴を上げた。

「う、うわぁあああ⁉　やっちまったぁああ！」

真っ青になったバルゴア令息の顔が見える。

なんだか、彼に抱きかかえられて、どこかに連れていかれているような気がする。

「叔父さん、叔母さん！　や、やばい！」

「えっ、何やらかしたのよ、リオ⁉」

そんな会話が聞こえたのを最後に、あまりの痛みに私は気を失ってしまった。

◆◇◆◇◆

ボソボソとした話し声が聞こえる。

「――ですから、おそらく骨にヒビが入っていますね」

「骨にヒビ!?」

悲鳴に近い女性の声で、それまでぼんやりとしていた私の意識がハッキリした。

目を開くと白い天井が見える。すぐに誠実そうな青年が私の顔を覗《のぞ》き込み、「大丈夫ですか?」と聞いてくれた。

「……えっと?」

ダークブラウンの髪に、澄んだ紫色の瞳。今は心配そうに眉毛が下がっているけど、この顔は、たしか夜会会場で見たバルゴアの令息だったはず。

なぜかベッドに横になっていることに気がついた私は、起き上がろうとしたけど、慌ててバルゴア令息に止められた。

「動いたらダメだ！　王宮医が言うには、骨にヒビが入っているそうです」

『王宮医』ということは、ここは王宮内にある治療施設なのね。

どうやら、あのゴギッと嫌な音が鳴ったときに、私の手首なり腕なりがポッキリいってしまったらしい。

その証拠に、私の右腕には添え木が当てられ、包帯でぐるぐる巻きにされている。ついでに腫れていた肩も治療してくれたようで、こちらも包帯が巻かれていた。包帯の下からは、薬特有の独特な匂いが漂っている。

「俺のせいで……すみません」

頭を深く下げたバルゴア令息に驚いてしまう。貴族がこんなに簡単に頭を下げていいの？

「あなたのせいではないでしょう？　あなたは、体勢を崩した私を支えただけですから」

そのときに運悪く、おかしな方向に力が入ってしまったのね。だから、バルゴア令息は別に悪くない。

当たり前のことを言っただけなのに、顔を上げたバルゴア令息はなぜか驚いていた。

王宮医が年配女性との話を切り上げて、こちらに近づいてくる。

「気がつきましたね。気分はどうですか？　吐き気はありませんか？」

「ありません」

私の答えに王宮医は、小さく頷《うなず》いた。

「それはよかったです。あなたの手首の骨にヒビが入っています。こちらで適切な処置をしましたが2、3日はひどく痛みますよ。とにかくひと月は、絶対に右腕を動かさないこと。安静にしていれば元通りになります」

ケガをしただけでなく、ひと月も右手を使えないとなると父や継母に何を言われるか分からない。あの家で安静にするなんて絶対に無理だった。

「安静にしないと、どうなりますか？」

「手が動かしにくくなるといった、軽い後遺症が残るかもしれません」

「……そうですか。ありがとうございました」

ベッドから起き上がろうとした私を、なぜかバルゴア令息が支えてくれた。私の背中に大きな手が添えられている。

壁にかけられている鏡を見ると、右側は包帯でぐるぐる巻きになっているものの、私の姿はほぼ夜会に参加したままだった。少し髪が乱れてドレスにシワが寄っているけど、外を歩けないほどじゃない。

私は王宮医に馬車を手配するように頼んだ。ケガ人なのだから、馬車くらいは貸してほしい。

バルゴア令息に「どこへ？」と尋ねられたので「家に帰ります」と当たり前のことを伝える。

「いや、待って！　俺が馬車で送ります！　叔母さん、いいですよね？」

叔母さんと呼ばれた年配女性は「もちろんよ」と、青い顔で力なく頷いた。

バルゴアの令息に『叔母さん』と呼ばれるこの女性は、ターチェ伯爵夫人だ。

バルゴア辺境伯と親戚関係にあるターチェ家は、私の父と同じ伯爵位だけど、その権力差は歴然だった。

要するに、バルゴアと親戚関係になるということは、王都でも権力を振るえるということ。

もし異母妹マリンがバルゴア令息に嫁いだら、私の家もターチェ家と同じような権力を持つことができる。

父はマリンに婿を取ってもらい伯爵位を継がせたがっているけど、バルゴアの親戚になれるのなら、喜んでマリンを嫁に出すはず。

そうなると、私が婿を取ることになるけど、父が連れてくる男なんてろくなもんじゃないでしょうね。

馬車乗り場に続く回廊を歩きながら、ハァとため息をついてしまう。そのとき、急にバルゴア令息に左手を掴まれたので、私は「ひっ」と悲鳴を上げた。

「あ、すみません！　あなたがフラフラしていたので、こけそうで怖くて」

「そうだとしても、急に女性に触れるのはマナー違反です！」

「そ、そうですよね、すみません……」

申し訳なさそうに俯《うつむ》くバルゴア令息は、今までの男性とは違い私を無理やり人気のないところに連れて行こうとしているわけではないみたい。

痛めた肩と手首が痛すぎて、たしかにフラフラしてしまっている。こけてしまったら大変だわ。

私はまだしょんぼりしているバルゴア令息の右腕に触れた。

「でしたら、手を掴むのではなく、あなたの腕を貸してください」

「え？」

驚くバルゴア令息に「エスコートです。私を馬車までエスコートしてください」と伝えると、

「ああ、王都に来る前に練習したあれですね！」とポンと手を打つ。

練習したあれって……。

もしかしてバルゴア領では女性をエスコートするという習慣がないのかしら？

田舎だとは聞いていたけど、王都とはだいぶ違う生活をしているみたい。それとも、この令息が変わっているだけ？

エスコートを受けながら歩き出した私に、バルゴア令息が話しかけてきた。

「叔母さんから聞いたんですが、あなたのお名前はセレナ嬢、ですよね？」

どうせ私の悪いウワサでも聞いたんでしょう。そう思って無視していると、「セレナ嬢は、有名な女優さんなんですか？」とわけの分からないことを言ってきた。

「……は？」

バカにされていると思い、バルゴア令息を睨みつけると、その顔にはニコニコ笑顔が浮かんでいる。

「いやぁ、素晴らしい演技でした。さっきのあれ、『悪役令嬢』っていうんでしょう？　俺の妹が『今、王都で流行《はや》ってる』って教えてくれたやつだ」

「あなた、さっきから何を言って……」

バルゴア令息は、私の言葉をさえぎり、「俺はリオです。リオと呼んでください」と無邪気に笑う。

「あなたは……」

「リオですよ。リオ」

「では、リオ様は……」としぶしぶ折れた私に「様なんてつけなくていいのに」と馴《な》れ馴れしいことを言ってきた。

少し話しただけで分かる。リオ様は、人から愛されることが当たり前で、他人を警戒する必要がない人生なのね。

いつも周囲の空気を読んで、その日その日をなんとか生き延びている私とは大違いだわ。

「私は女優ではありません。これでも一応、ファルトン伯爵家の長女です」

「え？　それは失礼しました！」

「……どうして、私が女優だなんて思ったのですか？」

少し首を傾《かし》げたリオ様は、「だって、セレナ嬢がずっと演技をしていたから」と、当たり前のことのように真実を言い当てた。

母が亡くなったあと、私が異母妹マリンに無理やり悪役を演じさせられていることを、仲がよかった友人たちに話しても誰も信じてくれなかったのに。

一番、仲がよかったはずの子爵令嬢には事情を全て説明して『助けて』と頼んだら、『へぇ、セレナって当主の伯爵様に嫌われてるんだぁ』とニタリと笑った。その日から、私は彼女に嫌がらせをされるようになった。

他の友人たちは、嫌がらせはしないものの、みんな、私と距離を取った。

もう誰も信じられない。

それなのにリオ様は、私が演技をしているとあの一瞬で分かったの？

まじまじとリオ様を見つめると、「俺の顔に何かついてます？」とゴシゴシと顔をこする。

なんだか自然体のリオ様を見ていると、空気を読んで必死に自分を偽って生きていることがバカみたいに思えてきた。

「羨《うらや》ましいわ」

私の呟きを聞いたリオ様が、またいろいろ質問してきたけど何も答えなかった。私の家の事情なんて、他の人からすればどうでもいいことだともう分かっているから。

親戚とは縁が切れている。だから、私を助けてくれる人なんてどこにもいない。つらいけど、あてもなく家出したお嬢様の末路なんて悲惨なものしか想像できない。

長い回廊を歩き、やっと馬車乗り場にたどり着いたときに、背後から「お姉様！」と呼びかけられた。

振り返ると、異母妹マリンがこちらに駆け寄ってきている。

私がご希望通り、頭からワインをぶっかけてあげたのに、なぜかマリンは身綺麗《みぎれい》になっていた。マリンからは、ほのかにワインの香りがするものの、ドレスは新しいものに着替えているし、髪もメイクも崩れていない。

マリンの後ろには、大きな荷物を持ったマリン専属の護衛騎士と、控えめなドレスを着たマリン専属メイドの姿が見えた。

なるほど、着替えの準備は万端だったということなのね。

私にも一人、専属メイドがいるけど、彼女は平民なので夜会には参加できない。

貴族出身のメイドと護衛騎士は、マリンにだけつけられている。

それは、父がマリンだけを愛しているという証拠。

父の愛を一身に受けるマリンは、悲しそうな表情を浮かべた。

「お姉様、今までどちらにいらしたのですか？　ずっと探していたんですよ？」

私に話しかけているはずなのに、マリンの瞳はリオ様に向けられている。

はいはい、ケガした私をほったらかしにして、マリンは夜会を最後まで楽しんでいたのね。

あれだけ私にいじめられたあとだから、きっとたくさんの人がマリンを優しく慰めてくれたはず。

それに満足して馬車で帰ろうとしたとき、偶然バルゴア令息がいたから令息目当てに駆け寄ってきたということかしら？

「お姉様！」

そう言いながら私に抱き着こうとしたマリンの顔面を、リオ様が左手でガシッと鷲《わし》掴みにした。

予想外すぎる出来事に私は息を飲んだ。

私だけじゃない。あのマリンが、儚《はかな》げな演技をすることもできず呆然《ぼうぜん》としている。マリンを守ることが仕事の護衛騎士ですら、あまりのことに対応できずポカンと口を開けていた。護衛騎士が持っていた大きな荷物が、ゴトッと地面に落ちる。

「セレナ嬢はケガをしている！　抱き着くなんてあり得ない！　見れば分かるでしょう⁉」

リオ様の手の隙間から見えるマリンの頬がヒクッと引きつった。

リオ様は「なんて非常識なんだ！」と怒っているけど、急に女性の顔面を鷲掴みにするような人に常識を語られたくない。

「セレナ嬢、これはあなたの知り合いですか？」

みんなに愛されている可愛いマリンを、これ呼ばわりする人を初めて見た。

「こ、これ……あ、はい。母は違いますが妹です」

「これがあなたの妹⁉　俺が知っている妹と全然違う。それにあなたの妹にしては、演技が下手すぎでは？」

そういう問題なの⁉

リオ様はようやくマリンの顔面から手を離した。ふらついたマリンを、慌てて護衛騎士が支えている。

顔面を掴まれていたマリンが痛がっている様子はない。ケガをしないように、リオ様なりに手加減してくれているようだ。

「これがあなたの妹ということは、同じ家に住んでいるんですよね？　ケガを悪化させるような行動を取る者がいる場所に、あなたを帰すわけにはいきません」

マリンは表情を作るのも忘れるほど怒っているのか、恐ろしい顔をしていた。そんなマリンを気遣《きづか》うような表情を浮かべてから、護衛騎士がこちらを睨みつける。

その憎しみがこもった視線を全く相手にせず、リオ様は私を豪華な馬車内へとエスコートした。

護衛騎士がマリンを侮辱されたことに抗議でもするかと思ったけど、結局、彼は何も言わなかった。

伯爵令嬢のマリンだって、歯噛みをするだけで何も言えない。夜会帰りの多くの人が、この現場を遠巻きに見ていたけど、誰一人リオ様に抗議する人はいなかった。

王都中の貴族を黙らせることができる、これがバルゴアの力なのね。

リオ様と私を乗せた馬車は、マリンと護衛騎士を残してゆっくりと動き出した。

むちゃくちゃな行動を取るリオ様に、恐怖を感じないわけではない。でも、それ以上にさっきのマリンの顔が面白すぎた。

ケガをしていないほうの手で顔を隠して必死にこらえていたのに、こらえきれずに私の両肩が揺れてしまう。

「あ、いたっ」

笑うと肩が痛いのに、笑うのをやめられない。

向かいの席に座っているリオ様が、心配そうにこちらを見ていた。

「セレナ嬢、大丈夫ですか?」

そんなことを言っているけど、この人はマリンの顔面を鷲掴みにするような人だ。

もうダメ、我慢できない。

「ふ、ふふっ、リオ様って、不思議な方ですね」

笑いすぎて肩だけじゃなくて、お腹まで痛くなってきた。

ふとリオ様を見ると、私を凝視している。

「何か?」

「い、いえ……」

そう言って顔をそらしたリオ様の耳は、なぜか赤くなっていた。

◆◇◆◇◆

【リオ視点】

馬車の中で向かいの席に座るセレナ嬢から、俺は目が離せなかった。

「ふふっ」

彼女はこんな風に笑うのか。

セレナ嬢が気を失っている間に、俺は叔母さんから『罵られる覚悟をしておきなさい』と言われていた。

叔母さんが言うには、セレナ嬢は悪名高い女性で『社交界の毒婦』と呼ばれているそうだ。

たしかに、あれだけ悪役令嬢の演技がうまければ、そう呼ばれていても不思議ではない。

はまり役を演じているので、悪口ではなく称賛する意味が含まれているのかも？　でも、叔母さんがそこまで言うのなら気性が荒い人なのか？

そうは見えなかったけどなぁ。

叔母さんは、叔父さんに「あなた、どうしましょう。何を要求されるか、分かったものじゃないわ。ケガのことでリオが脅迫でもされたら……」と言いながら重いため息をつく。

叔父さんは、励ますように優しく叔母さんの肩に手を添えた。

「大丈夫だよ。私が騒動にならないようにしてくるから、君はここにいてくれるかい？」

「分かったわ」

顔面蒼白《そうはく》になっている叔母さんを見ていたら、自分がいかにやらかしてしまったのかが分かる。

「叔父さん、叔母さん。本当にすみません！」

謝る俺に叔父さんは「わざとケガをさせたわけではないんだ。そんなに気を落とさなくていい」と笑みを浮かべてくれた。

たしかにわざとではない。でも、結果として俺が見ず知らずの女性にケガを負わせてしまったことに変わりない。

俺はあらためてベッドに横たわるセレナ嬢に視線を向けた。

夜会会場ではあんなに堂々としていたセレナ嬢なのに、今の姿はとてもか弱そうに見える。

青白い顔に、細い腕。

この人は、ちゃんとご飯を食べているのだろうか？

不謹慎だけど『こんなに細かったら、そりゃちょっと力を入れるだけで折れるよな』と思ってしまった。

セレナ嬢の髪色は白に近い金髪だ。俺の妹も金髪だけど、もっと色味が強いし、元気いっぱいなので似ても似つかない。

女性の服のことは少しも分からないけど、セレナ嬢は肌を多く露出させていた。ふと、俺の祖母が『女性は身体を冷やしたらダメなのよ』と言っていたことを思い出す。

セレナ嬢が目を覚ました。

「大丈夫ですか？」と尋ねると、さまよっていた視線が俺に向けられる。

思わず息を飲んでしまうくらい透き通った瞳だった。青というよりは水色で、彼女は全体的に色素が薄いのだと分かる。

罵られる覚悟を決めて、ケガをさせてしまったことを謝ると「あなたのせいではないでしょう？　あなたは、体勢を崩した私を支えただけですから」と言ってくれた。

その淡々とした物言いで、彼女が本気でそう思っていることが分かる。

俺は細かい作業や難しいことを考えるのは苦手だけど、昔から人を見る目だけはあった。

人の悪意が分かるとでもいうのか。

他人を害してやろうと考えている奴は、見ただけですぐに分かる。だからバルゴア領で詐欺《さぎ》まがいの商売をしようと、父に話を持ちかけてきた商人をすぐに捕えることができた。

でも、その捕えた商人をどう罰すればいいのか。

このようなことが二度と起こらないようにするには、どういう対策を取ればいいのか。

そういうことを考えるのが苦手だった。

父には「リオは、領地経営には向いていないけど、当主には向いているんだよなぁ。お前は人の上に立つ人間だよ。だから、あとは優秀な補佐官を見つければいい」と言われている。

そして、「リオ、お前が気に入った女性を妻に迎えろよ。爵位も王都での評判も何も気にするな」とも。

父なりに俺のことを信頼してくれているのだなと嬉《うれ》しかった。

そうして、楽しみにしてやってきた王都だったけど、そこで暮らす女性は一言で表すと『臭《くさ》い』だ。

王都では今、若い女性を中心に香水というものが流行っているらしく、その匂いが強烈なのだ。

叔母さんが言うには「使い方を間違っている人が多いのよ。あれはたくさんつければいいというものではないのに」とのこと。

一人でもけっこう臭いのに、集団になるとそれぞれの匂いが混ざり、耐えられない悪臭を放っている。

この中から嫁になってほしい人を探せと？

すぐに浮わついた気持ちがなくなり、これは父に与えられた試練なのだなと気を引き締めた。

そういえば、今、目の前にいるセレナ嬢は臭くないな？

馬車の中という密室にもかかわらず、嫌な匂いが少しもしない。治療のために使われた薬の匂いが多少するものの不快感はない。

それどころか、彼女が笑って身体を揺らす度《たび》に、花のようなよい香りが漂ってきた。

これはなんの花だ？

妹をコスモス畑に連れて行ったときに、こんな香りがしたような気がする。そのとき、俺が

『よい香りだな』と言うと、妹は『コスモスの花って香りする？』と不思議そうにしていたけど。

ぼんやりとそんなことを考えていると、笑うことをやめたセレナ嬢に「何か？」と冷たい声で聞かれてしまった。

「い、いえ……」

すみません。

まさかあなたの匂いを嗅《か》いでましたとは言えず、俺は慌てて視線をそらした。

第二章　家が変われば世界が変わるってこと？

リオ様と私を乗せた馬車は、立派な門をくぐり広い庭園を抜けて、豪華な邸宅の前でようやく止まった。

「ここは……その、どなたの？」

先に馬車から降りていたリオ様は「俺が王都で世話になっているターチェ伯爵の邸宅です」と言いながら、私に右手を差し出す。

私はリオ様の手を借りながら、慎重に馬車から降りた。

もうこれ以上ケガを増やすわけにはいかない。

リオ様にエスコートされながら、私は恐る恐るターチェ伯爵邸の中に入っていった。

お世話になっている人の家に、勝手に他人を連れ込んで大丈夫なのかしら？

本当なら私の家に送ってもらう予定だったのに、マリンのことがあって急遽《きゅうきょ》こちらに来ることになった。だから、リオ様はターチェ伯爵夫妻に、私をここに連れてくることの許可を取っていない。

ややこしいことに、ならなければいいけど……。

私の不安をよそに、夜会から戻ったリオ様が包帯ぐるぐる巻きの不審な女を連れ帰っても、邸宅の使用人たちは誰も何も言わなかった。

ターチェ伯爵夫妻は、まだ夜会会場から戻ってきていないらしい。

この家のメイド長と思われる年配の女性がリオ様に「おかえりなさいませ」と礼儀正しく頭を下げた。

「この方はセレナ嬢。俺がケガをさせてしまったんだ。ケガが治るまでここにいてもらう」

そんなことを勝手に決めていいの⁉

きっと嫌な顔をされるわと思ったけど、メイド長は眉一つ動かさなかった。

「かしこまりました。客室にご案内します。どうぞこちらへ」

「ああ、頼む」

客室に案内されている間にすれ違ったメイドたちも、誰一人、驚きを顔に出さなかった。代わりに、うやうやしく頭を下げる。

うちのメイドたちとは大違いだわ。質の高い使用人って、こういうことを言うのね。

でも、それはリオ様が私の側にいるからであって、リオ様がいなくなればメイドたちの本性が見えてくるのかも？

案内された客室はとても広かった。室内に置かれた家具や装飾品は上品で、この邸宅の主人の趣味のよさが窺《うかが》える。

リオ様は私に向かって「ゆっくり休んでください」と微笑みかけてくれた。そして、部屋から出る前にメイド長に「俺の大切な客人だ。セレナ嬢の希望は、全て叶えてやってくれ」なんてことを言う。

メイド長は、同意するように静かに頭を下げた。

なんだか、今夜はいろんなことがありすぎて、もうわけが分からない。

私がぼんやりと突っ立っていると、メイド長が「お嬢様、少しだけよろしいでしょうか？」と声をかけてきた。

その表情は、とても冷ややかだ。

ほらね、やっぱり。リオ様がいなくなると、私の扱いなんてこんなものよ。

自分の家のメイドたちにも、見下されて雑に扱われているのに、よそのメイドが私によくしてくれるはずがない。

何をされるのかと私が警戒していると、メイド長はポケットから何かを取り出した。

「お嬢様、少しだけ失礼します」

私が身体を強張《こわば》らせると、メイド長はポケットから取り出した長いものを私の腰に巻き付けた。

それはよく見ると、メジャーだった。メイド長は真剣な顔で私の腰のサイズを測ったあとに「ほ、細い」と呟く。

「この邸宅内に、お嬢様に合う服があるかどうか……。ケガもされていますし、お身体の負担にならない服にしなければ」

あーどうしましょう、と言いながらメイド長は考え込んでいる。

「お嬢様、申し訳ありません。しばらくは、ご不便をかけると思いますが、できるだけ早くお嬢様に合った服を準備いたします」

え？ それって、私のためにわざわざ新しい服を準備するってこと？

「い、いえ、そこまでしていただかなくても……」

ついそう言ってしまう。

瞳を鋭くしたメイド長からは、その冷たそうな表情とは違い「お顔だけでなく、お心までお美しいだなんて」という声が漏れ聞こえた。

あれ……この人、今、私のことを褒《ほ》めてくれたの？

私がまじまじとメイド長を見つめると、メイド長は「大変失礼いたしました」と深く頭を下げた。

「すぐに入浴の準備をいたします。それまで、この部屋でおくつろぎください」

「は、はい」

一人、部屋に取り残された私はソファーに腰を下ろした。

なんだか、今日はいろいろあっていつも以上に疲れてしまった。眠気と必死に戦っていると、メイドたちがぞろぞろと部屋に入ってくる。

そして、フラフラしている私を丁寧《ていねい》に入浴させてくれた。

私の髪を優しく解いて、モコモコの泡でそっと肌を洗ってくれる。浴槽には赤い花びらが浮いていて、浴室内はバラの香りに包まれていた。

心地よすぎて、もう何も考えられない。

気がつけば、私は入浴を終えてベッドに横になっていた。入浴中に眠ってしまったのかもしれない。

いつの間にか着せてもらっていた部屋着は、ゆったりとしていてとても肌触りがよい。

まだ濡れている私の髪を一人のメイドが丁寧に拭いて乾かしてくれていた。

「……ありがとう」

心からそう伝えると、メイドは顔を真っ赤にした。

「お、恐れ入ります」

そう言いながらメイドは、とても嬉しそうに微笑む。

これは全部夢かもしれない。でも、こんな幸せな夢なら大歓迎よ。

そんなことを考えながら、私は心地よい眠りについた。


朝になったら、夢は儚く消えてしまう。

また異母妹マリンの言いなりになって、父から褒められることもなく、メイドたちに見下される生活が私を待っている。

……はずなのに、私が目覚めると、部屋の隅に控えていたメイドが「おはようございます、お嬢様」と微笑みかけてくれた。

え？　私が起きるまで、ずっとそこにいたの？

「お嬢様、ターチェ伯爵様がいつでもよいので、お嬢様にご挨拶《あいさつ》をしたいとのことです」

ターチェ伯爵という名前を聞いて、私は思わずゴクリとツバを飲み込んだ。

リオ様が私を連れてきたけど、この邸宅の主《あるじ》であるターチェ伯爵の許可は取っていない。伯爵夫人だって、社交界の毒婦なんて呼ばれている私をよく思っていないはず。

『今すぐ出ていけ！』と怒鳴《どな》られ追い出されても仕方がない。

まだターチェ伯爵から私の悪評を聞いていないのか、メイドは昨日と変わらず丁寧に私の身支度を整えてくれた。その際に、私がケガをしている肩や固定している右腕に触れないように細心の注意を払ってくれているのが分かる。

あとから来た2人目のメイドが申し訳なさそうに、私に白いワンピースを差し出した。

「大変申し訳ありませんが、こちらを着ていただけないでしょうか？　オーレリアお嬢様のものです」

「オーレリアお嬢様？」

メイドが『オーレリアお嬢様』はターチェ伯爵の一人娘だと教えてくれる。そんなオーレリアお嬢様は、友好国の若き公爵に見染められて嫁いでいったらしい。

言われてみれば、数年前にそんな乙女の夢物語のようなことがあった。私が社交界デビューする前だったので詳しいことは分からないけど。

とにかくターチェ伯爵の娘さんの服をしばらく貸してくれるらしい。

そんなことをしていいのかしら？　でもさすがにこれは、ターチェ伯爵の許可を取っているわよね？

私が夜会で着せられていたドレスは、片づけられてしまったようで見当たらない。まぁあんな趣味が悪い下品なドレス、強要されない限り着たいとは思わないけど。

私はありがたくその白いワンピースを借りることにした。

ゆったりとした作りなので、右手を動かさなくても着ることができる。

一見シンプルなワンピースに見えるけど、細かくレースがあしらわれていて高級品なのだと分かる。

全身鏡には、懐《なつ》かしい私が映し出されていた。

まだ母が生きていて、好きに服を選べていた頃の私。なんだか久しぶりに、本当の自分に会えたような気がする。

鏡の中の私は、嬉しそうに微笑んでいた。あなたのそんな笑顔を見るのも久しぶりね。

子供の頃は、私が笑う度に母が頬をツンツンと優しくつついてくれた。母に抱きしめられて『あなたの笑顔、とっても素敵よ』と言われるのが大好きだった。

そんな大好きな母に、今の私はよく似ている。それがなんだか嬉しい。

メイドたちが「お似合いです、お嬢様」と褒めてくれる。

「ありがとう」

なぜか頬を赤らめて俯くメイドたち。

嫌われてしまったかしら？　と思ったけど、彼女たちから敵意のようなものは感じない。実家のメイドたちのように、見下すような視線を向けてくるわけでもないので気にしないことにした。

まぁ実家でも、私専属メイドのコニーだけは、私によくしてくれているけどね。私が夜会に行ったきり帰ってこないから、今頃心配しているかも……。どうにかしてコニーにだけでも、私がここにいることを伝えないと。

朝の身支度が終わった。『私が会いに行きます』と伝えていたのに、ターチェ伯爵夫妻は、私が使わせてもらっている客室までわざわざ来てくれた。その後ろには、リオ様の姿もある。ターチェ伯爵は、口ヒゲをたくわえた穏やかそうな紳士だった。ターチェ伯爵夫人には、昨晩、治療室でも会っているけど、こうしてあらためて見ると金髪に紫色の瞳を持ったとても綺麗な女性だった。

リオ様が私に向かって「セレナ嬢、よく眠れましたか？」と声をかけると、ターチェ伯爵夫妻が揃《そろ》って大きく目を見開く。

ああ、そうだったわ。夜会に参加するときの私は、けばけばしい化粧に、はしたないドレスを着せられているから今の落ち着いた姿とだいぶ違う。

そう考えると、私がどんな格好をしていようと、同じ態度なリオ様は変わっている。

ターチェ伯爵夫人に「あなた……セレナさん、よね？　ファルトン伯爵家の」と尋ねられたので、私は「はい」と答えた。

ここには異母妹マリンがいないから、悪役の演技をしなくていいわよね？

リオ様が「ね、だから、昨日のセレナ嬢は、演技だと言ったでしょう？」と夫人に微笑みかけた。

そんなことを言っても、信じてもらえるわけないのに……。

「そうね。リオが正しかったようね。セレナさんが社交界の毒婦というのはウソだわ」

私がどれだけ訴えても信じてくれなかったことを、夫人はなぜかあっさりと信じた。

「ど、どうして、私のことを信じてくれるのですか？」

驚く私に、夫人はいたずらっ子のような笑みを向ける。

「ごめんなさいね。実は昨晩から、あなたをいろいろと試していたのよ」

邸宅に戻ると夫人は、メイド長から『リオ様がセレナ様というケガをしたお嬢様を連れてきました』という報告を受けたそうだ。

「夫と一緒に、もうビックリしちゃって！　これは絶対に純粋なリオが、悪い女にたぶらかされたと思ったわ」

夫人が言うには、私の本性をリオ様に分からせるために、わざと若いメイドをつけて、私の身の回りの世話をさせていたらしい。

いくら私がリオ様の前でよい顔をしても、メイドにつらく当たる姿を見せれば目が覚めると思ったのだとか。

「あなたにつけたメイドたち、まだ経験が浅い子たちだから、何をするにももたついていたでしょう？　それなのにあなた、少しも怒らないんだもの。『怒るどころかお礼を言ってもらいました』ってみんな感動していたわよ」

「少しも気がつきませんでした……。すごくよくしていただいたので」

リオ様が「叔母さん、そんなことをしていたんですか？」と呆《あき》れている。

「だって、セレナさん、社交界の毒婦なんて呼ばれているんだもの。毒婦よ、毒婦！　何をしたらそんな風に呼ばれるのよ！　警戒して当たり前でしょう⁉」

ターチェ伯爵は「まぁまぁ」と言いながら夫人をなだめている。

「私もセレナさんはウワサと違うと思うね。だって、私たちが来たら、ケガをしているのにわざわざソファーから立ち上がって迎え入れてくれたもの。それに、本当に悪い女性ならケガをさせられたことで、私たちを脅すくらいはしているんじゃないかな？」

信じてもらえて嬉しいはずなのに、今の状況を私のほうが信じられない。

「……それも演技だとは思いませんか？　あなたたちを騙《だま》すために、いい人のふりをしているのかも……」

私の問いにターチェ伯爵は微笑んだ。

「私たちは人を見る目はあるほうだよ。社交界はウソが多いからね」

「叔父さん。だから、俺がずっとそうだって言っているじゃないですか」

「はは、そうだね。リオくんの言う通りだった」

「でしょう？　セレナ嬢は、社交界の毒婦なんかじゃないって」

――ウワサは全てウソだ。あなたは、社交界の毒婦なんかじゃない。

それは私がずっと誰かに言ってほしかった言葉。

夫人も「何かいろいろ事情がありそうねぇ。こんな若い娘《こ》が可哀想《かわいそう》に。私たちに何かできることはないかしら？」と言ってくれた。

目頭《めがしら》が熱くなり、涙が溢《あふ》れそうになってしまう。私が俯くと、リオ様がそっと私の左肩に触れた。

「セレナ嬢、泣かないで。あなたは笑っているほうがいい。その……あなたの笑顔は、とても素敵だから」

リオ様の言葉が、亡き母の声と重なる。

――あなたの笑顔、とっても素敵よ。

もう我慢できない。こらえきれずにこぼれた涙が私の頬を伝っていく。

私が泣いている間、リオ様は大きな手で、ずっと私の背中を優しく撫《な》でてくれていた。

◆◇◆◇◆

【マリン視点】


夜会会場で、私はセレナお姉様にひどい目にあわされた。

バルゴア令息にエスコートされながら、私を見下すお姉様の顔が忘れられない。

セレナお姉様は、一体バルゴア令息に、私のことをなんて伝えたの？

きっとひどいウソを伝えたのね……。田舎から出てきたばかりの純粋な令息を騙して、この私に暴力を振るわせるなんて！

バルゴア令息とセレナお姉様が立ち去ったあと、私はあまりの悔しさに泣き出してしまった。

私の護衛騎士が「大丈夫ですか？　マリンお嬢様」と心配してくれたけど、私の涙は止まらない。

「ひどいわ……お姉様……」

護衛騎士は私の肩に触れて、「お守りできず申し訳ありません」と言い、その顔に後悔をにじませていた。

本当にそうよ！　あなた、なんのための護衛なの？　と問い詰めたかったけど、この護衛騎士は私の言うことをなんでも聞いてくれるから、今回だけは許してあげる。

「ねぇ、怖くて立てないの。馬車まで運んで？」

上目遣いでそうお願いすると、護衛騎士は頬を赤く染めながら私をお姫様抱っこしてくれた。

この護衛騎士は、私を宝物のように扱ってくれるからお気に入りなの。まぁだからと言って、跡継ぎになる資格もなく騎士にしかなれないような格下貴族の名前なんて覚えていないけどね。

抱きかかえられた私は専属メイドを見た。従順で地味なあなたも、私を引き立ててくれるから大好きよ。

「荷物はあなたが持ってきてね」

「はい、マリンお嬢様」

それまで護衛騎士が運んでいた大きな荷物をメイドが持ち上げた。メイドの足元はふらついている。それでも文句の一つも言わない。ううん、言えないの。

このメイドは格下貴族の四女でよい嫁ぎ先が見つからないから、うちで働いているんだって。可哀想よね、でも仕方がないわ。

だって、あなたたちは、その家の当主に愛されていないんだもの。

だから、せっかく貴族に生まれたのに働きに出されている。でも、私は違う。私はファルトン伯爵家の当主であるお父様に愛されているから、何をしても許されるの。

当主に愛されないということは、貴族としての死を意味するわ。

セレナお姉様を見ていれば分かる。

お父様に毛嫌いされているお姉様。それでもお父様がセレナお姉様を追い出さないのは、私と私のお母様のためなんだって。

後妻が前妻の娘を家から追い出したなんてウワサが広がれば、私もお母様も社交界で肩身が狭くなってしまう。

だから、お父様はしぶしぶセレナお姉様を家に置いてあげている。

初めは反抗的な態度を取っていたお姉様だけど、お姉様の味方をする使用人たちを全て解雇してから、食事を2日抜いたら大人しくなったわ。

今では私の言うことをなんでも聞いてくれるお姉様になってくれたの。

でも、セレナお姉様は元の性格がいじわるだから、時々私の言うことを聞いてくれない。そういうときは、お父様に言うと、すぐにお姉様を叱ってくれる。

お父様は、セレナお姉様のことが大嫌いだけど「見えるところにケガをさせるな」って言うの。お姉様には、まだ使い道があるんだって。

だから躾《しつけ》のために食事を抜くことがあっても、お姉様が倒れてしまうまで追い詰めることはない。

ちゃんと私たちの言うことさえ聞けば、お姉様も私たちと同じ食事を食べさせてもらえる。

まぁ、もちろん、別邸で暮らすお姉様が、私たちと一緒に食事をとることはないけどね。

お父様は私のことを愛してくれている。そして、お父様とお母様もお互いにとても深く愛し合っている。

それなのに、お父様とお母様は、結婚して一緒になることができなかった。

私のおじい様にあたる、その当時のファルトン伯爵が、跡取りのお父様に別の女を押し付けたから。貧乏な男爵家のお母様は、お父様に釣り合わないって、おじい様に激しく反対されたんだって。

お父様は仕方なく、おじい様が押し付けてきた女と結婚したわ。可哀想なお父様。

それでもお父様は、お母様を愛し続けてくれた。厳しいおじい様の監視の隙をつき、愛するお母様に会いに来てくれたの。その結果生まれたのが、2人の愛の結晶である私。

お父様はお母様に、いつも「愛しているのは君だけだよ。いつか君を必ずファルトン伯爵夫人にする」と言ってくれていた。

ファルトン伯爵であるおじい様が亡くなると、そのあとを追うように、都合よくあの女も病気で亡くなった。

それを聞いた私は、やっぱり神様っているのねって思ったわ。

お父様は、あの女の葬式が終わるとすぐに私たちをファルトン伯爵邸に呼んでくれた。だから、約束通りに私のお母様がファルトン伯爵夫人になれた。

私はファルトン伯爵令嬢。

それなのに、心ない人たちが私たちのことを「愛人」とか「愛人の子」とか言ってくる。正当な後継者であるセレナお姉様が可哀想だなんて言われたこともあった。

愛する私たちを傷つけられたお父様は、そんな人たちを黙らせるために、お姉様をうまく使うことを思いついたの。

お姉様の評判を下げて、私たちの評判を上げてくれるって。

さっすがお父様！

お姉様に与えられた役目は悪役令嬢。私はもちろん可憐なヒロイン。この作戦は大成功で、「可哀想なセレナお嬢様」ではなくて、「可哀想なマリンお嬢様」ってみんなが言ってくれるようになった。

あとは、私が最高に素敵な男性と出会って結婚するだけ。

お父様には、できれば婿養子を取ってこの家を継いでほしいと言われている。でも、本当に私が好きな人に出会ったら、その人の元に嫁いでいいって。

お父様は愛するお母様と結婚できずに苦しんだから、娘の私には愛する人と幸せになってほしいみたい。

そんな優しいお父様だから、私が泣きながら夜会から帰ってきたら、すぐに気がついてくれたわ。お母様も私を心の底から心配してくれている。

「どうしたんだ、マリン？　何があった⁉」

「セレナお姉様が……」

「またセレナか！　どうして妹に優しくしてやれないんだ⁉　さすがあの女の血を引いているだけある！」

お父様が『あの女』と言うときは、吐き捨てるような冷たい声になる。優しいお父様がこんな風に言うなんて。セレナお姉様のお母様は、よっぽどひどい人だったのね。

私がセレナお姉様のせいで、バルゴア令息に暴力を振るわれたことを言うと、すぐにバルゴア令息にも怒ってくれるかと思ったのにお父様は静かになった。

「……バルゴアか」

何かを考えているお父様。

「マリン、バルゴアの令息はどうだった？」

「ひどいの、大っ嫌い」

「それはセレナのせいだろう？　その前は？」

「んー？」

私は自分の頬に人差し指を当てながら答えた。

「素敵な人だったと思うわ、たぶん」

だって、夜会会場ではバルゴア令息にたくさんの女性が群がっていたもの。みんなが欲しがるものは、価値が高くていいものよね。

「だったら、バルゴアの令息と仲よくなってみないか？」

「でも……お姉様のせいで、私、嫌われてしまっているから……」

お父様は私の頭を優しく撫でてくれた。

「マリンなら大丈夫。だってこんなに可愛いのだから」

お母様も「そうよ、本当のマリンのことを知ったら、みんなが愛さずにはいられないわ」と言ってくれる。

「そうかな？」

でも、たしかにセレナお姉様に騙されているバルゴア令息は可哀想だわ。

私がお姉様の本性を教えてあげたら喜んでくれるかも？

そんなことを話し合っていると、早馬でお父様宛の手紙が届いた。

それは、ターチェ伯爵からだった。ターチェ伯爵はバルゴアと親戚関係で、今はバルゴア令息を預かっているんだって。

手紙を読んだお父様は「セレナがケガをして、ターチェ家やバルゴア令息に迷惑をかけているそうだ。まったく、あいつは……」と眉をひそめた。

そういえば、夜会中にバルゴアの令息が急にセレナお姉様を抱きかかえて、すごい勢いでどこかに行ったのよね。あまりの速さに誰も追いつけなかった。

そのときは、みんな驚いていたけど、しばらくすると「バルゴア令息が貧血で倒れた女性を助けてあげたらしい」という話が広がって、そのあとの夜会はいつも通り行われた。

これって、セレナお姉様がバルゴア令息の気を引きたくて『貧血になった』とか『ケガをした』ってウソをついてるんじゃない？

お母様が「どうするの、あなた？」と不安そうな顔をする。

「そうだな、マリン。お見舞いついでにセレナを迎えに行っておいで」

「えー」

そんなのめんどくさい。

「セレナを見舞う優しいお前を見たら、バルゴア令息の目も覚めるだろう」

そっか、それは名案だわ。

そうなったら、夜会でセレナお姉様にいじわるされた仕返しに、今度は私がバルゴア令息にエスコートされながら見下してあげようっと。

心がスッキリと軽くなった私は、そのあと気持ちよく眠ることができた。

◆◇◆◇◆

亡き母の言葉とリオ様の言葉が重なり、私はまるで小さな子供のように泣いてしまった。ようやく泣き止《や》み顔を上げると、私を取り囲む世界は、今までとは全く違ったものになっていた。私の目の前には『何があったのか、どうしてこんなことをさせられているのか』と、私の話を聞いてくれる人たちがいる。

私はポツリポツリと今までのことを話した。

母が亡くなったこと。葬式が終わったその日に、父が愛人とその子供を邸宅に招き入れたこと。その愛人が父の後妻になり、言うことを聞かなければ私は食事を抜かれるようになったこと。

話し終わると、ターチェ伯爵夫人が涙を流していた。

「ひどすぎるわ。私にも娘がいるの。もし私の娘がそんなひどい目にあわされていると思うと……」

ターチェ伯爵は、優しく夫人の肩を抱き寄せる。

「セレナさんの事情は分かった。君をこのままファルトン伯爵家に帰すわけにはいかないね。

君も帰りたくはないだろう？」

「はい」

あんな家、二度と戻りたくない。

ターチェ伯爵は、何かを考えるように自身の口ヒゲに触れた。

「しかし、実の父親から勝手に子供を取りあげるわけにはいかない。きちんとした手順を踏まないと」

リオ様が「叔父さん、どうするんですか？」と尋ねている。

「やり方はいろいろあるよ。まずは情報集めだね。セレナさんがひどい目にあわされていたことを証明できれば、セレナさんとファルトン家の縁を切ることができる」

あの家と縁を切れるの？　そんなことができるの？

「まぁここは私に任せて、セレナさんはしっかり休んでケガを治しなさい」

私は夢見心地で頷いた。

あまりにうまくいきすぎていて、やっぱりこれは全て夢なのかもしれないと思ってしまう。

ボーッとしている私の顔を、リオ様が覗き込んできた。

誠実そうな紫色の瞳が、私をまっすぐ見つめている。

「セレナ嬢のケガが治るまで、俺に世話をさせてください」

世話って？　移動中にエスコートでもしてくれるのかしら？

分からないけど、あまりに真剣な顔をしていたので、私はつい頷いてしまった。

ニコッと笑うリオ様はとても嬉しそう。

「では、私たちはこれで失礼するよ」と言ってターチェ伯爵夫妻は部屋から出ていった。それなのに、リオ様は部屋から出ていく気配がない。

「えっと、何か？」

「セレナ嬢、朝食はまだですよね？」

「はい」

まだ食事はとっていない。というか、ターチェ伯爵家から追い出されると思っていたので、食べさせてもらえると思っていなかった。

リオ様がメイドに、この部屋に食事を運ぶように指示すると、すぐに食事が運ばれてくる。

テーブルには、パンにスープ、分厚いベーコンまで並んだ。

スープはホカホカと湯気を立て、ベーコンとパンの香ばしい香りが食欲をそそる。

いただけるものは遠慮なくいただこうとしたけど、そういえば私、利き腕の右手首をケガしているんだった。

スープなら左手でも食べられるけど、ベーコンやパンは食べられそうにない。

「あの、すみません。誰か食べるのを手伝って……」

「俺に任せてください」

私の言葉をさえぎったリオ様は、なぜかナイフとフォークでベーコンを切り分け始めた。

なんだか嫌な予感がする。

ベーコンを切り終えたリオ様は、一口サイズになったベーコンをフォークで刺すと私の顔に近づけた。

「はい、どうぞ」

「……食べませんよ？」

「え!?　どうしてですか？」

それはこっちの台詞《せりふ》よ。

「どうしてと聞きたいのは私のほうです。どうしてリオ様が私の食事の手伝いをするのですか？」

「それは、俺があなたにケガをさせてしまったから……」

「違うと言ったでしょう。そういう気遣いはけっこうです。誰かリオ様の代わりに――」

私が部屋の隅に控えていたメイドたちに視線を送ると、サッと避けられてしまう。

えっ!?　と驚いたけど、私はすぐに気がついた。

なるほど、リオ様のやりたいことを奪うようなメイドは、この邸宅内にはいないのね。

メイドたちからは、『お願いだから私を呼ばないでください』という空気が流れている。

私はため息をつくと、仕方がないのでリオ様に食事の手伝いをしてもらうことにした。でも、わざわざリオ様から食べさせてもらうつもりはない。

「リオ様、そのフォークを私に渡してください」

リオ様は、不思議そうな顔をしたもののお願いした通り、ベーコンが刺さったフォークを私の左手に持たせてくれる。

「切って刺していただければ、左手でも食べられます」

ポカンと口を開けるリオ様を見て、私はふと父の言葉を思い出した。

『お前は本当に可愛げがない！』

今までどうしてそんなことを言われないといけないの？　と思っていたけど、たしかに私は可愛げがないのかもしれない。

これが異母妹のマリンだったら、きっと喜んでリオ様に食べさせてもらっていたはず。

そういう風に甘えてくれる人のほうが、みんな好きよね？

もしかして、リオ様、私の態度に怒ってる？

チラリとリオ様を見ると「そうですよね」と頷いていた。

「そういえば俺の祖母が、自分でできることを自分でしなくなったら、すぐに老化が進んで何もできなくなっちゃうわよって言ってました」

「ろ、老化……」

優しいリオ様はもしかしたら、おばあ様のお世話もしようとしたことがあったのかもしれない。

その姿を想像すると、なんだか心がポカポカと温かくなってくる。

「セレナ嬢、できないことだけ言ってください。手伝いますので」

「はい、ありがとうございます」

そうして私の朝食は無事に終わった。食器を片づけるメイドたちが、ホッと胸を撫で下ろしているような気がする。

メイドたちは全員下がったのに、なぜかまだリオ様はここにいた。

「あの……」

さすがにもうどこかへ行ってほしいんですけど。というか、未婚の男女が部屋で2人きりになっているのはいけないような気がする。

リオ様は少しも気にしていないので、私なんか女性に見えていないのかも？

そんなリオ様は、ニコニコしながら「散歩にでも行きますか？」と言いだした。

「そうですね」

このまま部屋で2人きりよりは、そのほうがずっといい。

リオ様は私が立ち上がりやすいようにと、左手を優しく引いてくれた。そこまではよかった。

「ではセレナ嬢、失礼しますね」

「はい？」

リオ様が私の肩に手を回したかと思うと、ひょいと横抱きに抱き上げられた。

「ひっ⁉」

悲鳴を上げる私を無視して、リオ様はスタスタと歩き出す。

「なっなっなっ何を⁉」

「何をって、散歩に行くんでしょう？」

リオ様は、どうして私が慌てているのか分からないという顔をしている。

この人、他人との距離感どうなっているの⁉　いくら私のことを女性として見ていないにしても、急に抱きかかえるなんて失礼すぎる。

「私がケガしているのは手であって足ではありません！　だから歩けます！」

「分かっています。でも、あなたの足に合う靴《くつ》がないんですよ。夜会で履いていた靴は踵《かかと》が高くて危ないでしょう？　だから今、あなたが履いていた靴を使用人に持たせて、同じサイズのものを買いに行かせています」

「じゃあ、どうして散歩を提案したのですか⁉」

「あ、そういえば、そうですね」

やってしまったという顔をしているリオ様は歩くのが速い。もう庭園まで出てきてしまっている。

「戻りますか？」

そう聞いてくれたけど、ここまで来て何もせずに戻るのもどうかと思う。

「もういいです。このまま散歩しましょう」

抵抗することをあきらめた私は、『今日は靴がないんだから仕方ないのよ。そう、抱きかかえられるのは仕方がないことなの』と必死に自分に言い聞かせた。

ターチェ伯爵家の庭は、隅々まで手入れが行き届いていてとても美しい。バラが咲き乱れる庭園の中心には、女神の彫刻が施された大きな噴水があった。

「……綺麗」

「それはよかったです」

ニコニコと微笑んでいるリオ様。

行動がおかしいけど、リオ様から私への悪意は感じない。

この庭園を見せて、私に気分転換でもさせたかったのかしら？

それにリオ様は、私の演技を見破って信じてくれた人だから、私も警戒せずに、もっとリオ様を信じていいのかも？

ゆっくりと深呼吸をすると、無意識にこわばっていた体の力が抜けた。

一度、この異常事態を受け入れてしまえば、抱きかかえられて散歩するのも悪くないような気がしてくる。

リオ様が私と同じように、ゆっくりと深呼吸した。

「いい香りですね」

リオ様の言う通り、庭園はバラの香りに包まれている。

「そうですね、上品なバラの香り」

私の言葉を聞いたリオ様は、小さく首を傾げた。

「いいえ、いい香りなのは、セレナ嬢、あなたですよ」

「え？」

いくら抱きかかえられているといっても、こんなにバラが香っているのに、私の香りなんてするの？

私は動かせる左手を自分の鼻に近づけてみたけど、何も匂わない。

もしかして、私じゃなくてリオ様自身の香りとか？

そっとリオ様にもたれかかり、胸元に顔を近づけて匂いを嗅いでみたけど、やっぱりバラの香り以外何もしない。

私、からかわれている？

リオ様を見上げると、私から思いっきり顔を背《そむ》けていた。

「う、すみません」

「急にどうしたのですか⁉」

こちらを向いたリオ様の顔は赤くなっている。

「俺、妹から『無神経だ』とか『気が利かない』とかよく言われるんです」

「は、はぁ……？」

一体なんの話なの？

「その、あなたに匂いを嗅がれて、すごく焦りました。俺、臭くないかな？　とか……。人に匂いを嗅がれるのって恥ずかしいんですね……すみません」

思ったことを口にして、すぐに自身の非を認めて、素直に謝罪する。

しょんぼりしているリオ様を見て、この人は『お母様と同じくらい信頼していい人なのね』と、私はようやく気がついた。

◆◇◆◇◆

【リオ視点】


抱きかかえているセレナ嬢から、俺への警戒心がフッと消えた。

それまで強張っていた身体からも、いつの間にか力が抜けたようだ。

今までの生活がつらいものだったので、セレナ嬢が他人を警戒するのは仕方がない。

この警戒心の強さ……どこかで見たような？

考えた末に、俺は数年前に山で出会った手負いの山猫を思い出した。手当しようと俺が近づくと毛を逆立てて「シャー！」と威嚇《いかく》してくる。迂闊《うかつ》に手を出せば鋭い爪で引っ掻かれそうだった。

仕方がないので、俺は山猫の側でしばらくじっとしていた。俺に敵意がないことを分かってもらうには、そうするしかない。俺への警戒心が少し薄れた頃に、持っていた干し肉を小さくちぎって山猫の近くに置いた。

警戒しながらクンクンと匂いを嗅いでいる間、俺はしらんぷりをする。俺のほうをチラチラと見て警戒しながらも、よっぽど腹が減っていたのか山猫は干し肉にかぶりついた。

そのあと、もっと干し肉をよこせと言わんばかりに、山猫はジッと俺に視線を送ってきた。

あのときに感じた『よし！』という手応えを、俺は今セレナ嬢に感じている。

ひとまず俺がセレナ嬢に敵意を持っていないことは伝わったようだな。

この庭園を気に入ったのか、セレナ嬢が花を見つめる表情は、とても穏やかだった。つい先ほどまでは、それこそ毛を逆立てて威嚇する山猫のようだったのに。

警戒心を解いてもらえたことが、とても嬉しい。

庭園の散歩を終えて部屋に戻ると、俺はセレナ嬢を慎重にソファーの上に下ろした。その際に少し俯きながらだったけど「ありがとうございます」とお礼を言ってくれた。

「その……私、重くなかったですか？」

「正直に言うと軽すぎて驚きました。あなたはもっと食べたほうがいいですよ」

ケガをさせてしまったという罪悪感と共に、セレナ嬢にしっかり食べさせなければという謎の使命感も湧いてくる。

散歩を終えたあとも、俺はセレナ嬢の側にいた。

バルゴア領ではやることが多いけど、ここでは嫁探し以外することがない。朝晩の鍛錬《たんれん》は、バルゴアから付いてきた護衛騎士のエディと欠かさずやっている。要するに、朝と夜に鍛錬すること以外、やることがなくて暇だった。

初めは部屋から出ていかない俺に迷惑そうな視線を向けていたセレナ嬢も、昼になる頃には俺がいることに慣れたようだ。

そういうところも、あのときの山猫に似ている。

セレナ嬢は、食べることが好きなようで、運ばれてきた昼食に瞳をキラキラと輝かせた。

昼食のメニューは鶏《とり》の蒸し煮、パンにサラダだ。俺が鶏の蒸し煮を切り分けると、セレナ嬢はフォークを寄こせと無言で手を差し出す。

そこには『絶対に自分で食べます。あなたに食べさせてなんかもらいません』という強い意志を感じた。簡単に人を頼らないところも山猫っぽい。

ペロリと昼食を平らげたセレナ嬢の前に、デザートが運ばれてきた。きょとんとしたセレナ嬢は、俺に視線を寄こす。

その顔には『これも食べていいの？』と書かれていた。

俺はデザートのワッフルをナイフとフォークで切り分けた。ワッフルには、はちみつがたっぷりとかけられて滴《したた》っている。

セレナ嬢の顔がパァと明るくなった。この瞬間、セレナ嬢の目にはワッフルしか映っていなかったんだろうな。

俺からフォークを受け取ることを忘れて、そのままパクリとかぶりついた。相当美味《おい》しかったようで、瞳を輝かせながら「んー！」と幸せそうな声を漏らす。

「久しぶりに食べました！　すごく美味しいです」

「好きなんですか？」

「はい、母がいた頃はよく一緒に食べていました」

「もっと食べますか？」

「はい！」

元気にお返事したセレナ嬢の口元にフォークで刺したワッフルを近づけると、あーんと口を開けたあと、ハッと顔を強張らせた。

俺に食べさせてもらっていることに、気がついてしまったようだ。

「……自分で食べます」

そう言ったセレナ嬢の声は冷たい。でも、顔は真っ赤に染まっていた。

俺はなぜか急にセレナ嬢の頭を『よーしよしよし』と撫でたくなった。なんだ、この気持ちは。フォークを受け取ったセレナ嬢は、ワッフルを食べながら「んー！」とまた幸せそうな声を出している。

撫でたい。よし、撫でよう！

セレナ嬢の白に近い金髪は、とてもサラサラしていた。大きく見開かれた水色の瞳は、美しい湖面を思い出させる。フルフルと肩を震わせたかと思うと『シャー！』と威嚇するように怒られてしまった。

「失礼にもほどがあります！」

そういえば、俺の妹も頭を撫でられるのを嫌がっていたな。『子供扱いしないでよ！　もうっ！　髪が乱れるじゃない！』って言ってたっけ。

部屋から追い出されてしまうかも？　と思ったけど、セレナ嬢は「……でも、リオ様が食べる手助けをしてくださっていることには感謝しています」と不服そうにお礼を言う。

「ふ、はは」

「どうして笑うのですか!?」

「いや、すみません」

こんなに綺麗で可愛い山猫を俺は見たことがない。俺以外には、まだ少し警戒しているところも愛らしい。

甘いものが好きなようだから、今度、王都で有名な菓子でも調べて買ってこようかな？

そうしたら、また幸せそうに「んー！」と言ってくれるかもしれない。

そんな楽しいことを考えていると、セレナ嬢の部屋に叔母さんがやってきた。

俺がいるのを見て「いないと思ったらここにいたの？」と驚いている。

「リオ、あんた、セレナさんに迷惑かけていないでしょうね？」

「もちろんですよ」

「部屋で2人きりになっていないわよね？　未婚女性にそんな失礼なことをしていたら、いくら可愛い甥《おい》でも叩くわよ」

ギロリと睨みつけられて、俺は視線をそらした。やばい、そこまで考えていなかった。今度からはメイドに同席してもらおう。

叔母さんに「大丈夫？」と聞かれたセレナ嬢は「はい」と頷く。

「ならいいけど……」

納得したような、していないような表情を浮かべた叔母さんは、セレナ嬢に一通の手紙を見せた。

「ファルトン家からよ。あなたを迎えに来たいと書いてあったわ」

途端にセレナ嬢の顔が曇る。

「あの家には、戻りたくありません」

「そうよね。断っておくわ」

急に窓の外が騒がしくなった。

窓から騒ぎのほうを覗くと、邸宅の前に馬車が1台止まっている。馬車の後ろには白馬に乗った騎士の姿も見えた。

あの顔、どこかで見たような？

騎士は馬から降りると、馬車の扉を開けた。そこから金髪の小柄な令嬢が下りてくる。

それと同時にメイド長が部屋に駆け込んできた。

「奥様、ファルトン伯爵家のご令嬢がいらっしゃいました」

「まぁ、断る前に来てしまったの⁉」

セレナ嬢の顔からサッと血の気が引いた。

「マリン……」

そう呟いた声は震えていた。

第三章　ガラスの小瓶

【マリン視点】


「マリンお嬢様。いってらっしゃいませ」

ファルトン伯爵家のメイドたちがうやうやしく頭を下げる中、私は馬車に乗り込んだ。

お気に入りの白いワンピースを着ている私は今日もとても可愛い。馬車に乗り込む私に護衛騎士がうっとりと見惚《みと》れている。こんなに可愛い私をエスコートできるなんて、あなたは本当に幸せ者ね。

私を乗せた馬車が向かう先は、ターチェ伯爵邸。そこにバルゴアの令息が滞在している。

お姉様に騙されるなんて、本当に田舎者なのね。可哀想だから私が目を覚まさせてあげるわ。

馬車の窓から外を見ると豪邸が見えた。

「わぁ、お城みたぁい」

私が住んでいる家よりずっと大きい。私もいつかああいうお城みたいな家に住みたいわ。そんなことを考えていると、私を乗せた馬車は大きな門をくぐり、広い庭園を抜けて豪邸の前で止まった。

馬車の扉が開いて、護衛騎士がターチェ伯爵邸に着いたことを教えてくれる。

「ここが、伯爵、邸……なの？」

だって、私のお父様も同じ伯爵なのに、ターチェ家ほどの豪邸に住んでいないわ。

どうして？　どうして、こんなに違いがあるの？

そう思ったとき、私はターチェ家がバルゴアと深い繋がりがあることを思い出した。

そっか、伯爵でもバルゴアと繋がっているほうが格上なのね。

今さらながらに、夜会でバルゴア令息が女性に取り囲まれていた理由が分かった。

バルゴア令息に選ばれるということは、お姫様になれるということだったんだわ。目の前にあるような豪邸に住んで贅沢の限りを尽くせる、それがバルゴアに嫁ぐということ。

王都から遠く離れたバルゴア領になんて行きたくないけど、お姫様になれるのだったら話は別よ。

護衛騎士にエスコートされた私は、礼儀正しいメイドたちに迎え入れられた。

「こちらへどうぞ」

案内された客室は、広いけど少し地味。家具もなんだか古臭いし、飾られている絵もパッとしない。もっと煌びやかなものを想像していたからガッカリしてしまう。

でも、運ばれてきたお茶とお菓子は、とても美味しかった。

これは合格ね。

メイドもみんな従順そうだし、ここになら住んであげてもいいかも？

そんなことを考えていると、メイドが「奥様がいらっしゃいました」と告げて客室の扉を開いた。

この金髪の中年女性がターチェ伯爵夫人なのね。

ソファーから立ち上がった私は、満面の笑みを浮かべて挨拶した。

「初めまして、ファルトン伯爵の娘マリンと申します」

「いらっしゃい、マリンさん。今日はどのような用件でいらしたのかしら？」

ニコリと微笑む夫人は、とてもいい人そう。

「私のお姉様がケガをして、こちらにご迷惑をおかけしていると聞きました。大変申し訳ありません」

私が悲しみの表情を浮かべながら俯くと、夫人の視線を強く感じた。私の可憐さに見入っているのかもね。

「お姉様に会わせていただけませんか？」

「セレナさんはケガをしているから、あまり動かず安静にしていてほしいんだけど」

「でも、私、お姉様のことが心配で……」

夫人は小さなため息をつくと、控えているメイドに声をかけた。

「セレナさんに来てもらって」

メイドがお姉様を呼びに行っている間、夫人は私にソファーに座るように勧めてくれた。でも、特に話しかけてくる様子はない。仕方がないから私が声をかけた。

「お茶とお菓子、とっても美味しかったです」

「そう」

せっかく私が話題を振ってあげたのに、もう終わってしまった。

なんなの、この人？　いい人そうと思ったけど感じ悪い。

夫人は穏やかな微笑みを浮かべたまま、扇を広げると口元を隠した。

「そういえばマリンさん。何か誤解があるようだけど、セレナさんに迷惑をかけているのは私たちのほうなの。手紙にその旨《むね》を書いたけど、あなたにはきちんと伝わっていないようね？」

そんなことを言われても、お父様がそう言っていたのだから知らないわ。

私があいまいな返事をすると、夫人はさらに言葉を続ける。

「それに心配だという割には、セレナさんがどれくらいのケガをしたのかも聞かないのね」

この人、何が言いたいの？

私を見つめる夫人の瞳はとても冷ややかだった。それはまるで、私のお母様がセレナお姉様を見ているときのような目で、背筋がゾクッと寒くなる。

メイドが「セレナお嬢様がいらっしゃいました」と告げて扉を開けた。

さすがお姉様！　すごくいいタイミングだわ。

ソファーから立ち上がった私が「お姉様」と呼びかけたけど、そこには私のお姉様はいなかった。

代わりに背が高くガッチリとした体格の男性が、ケガした女をお姫様抱っこしている。男性のほうはバルゴア令息ね。女のほうは、俯いているので顔がよく見えない。

夫人が「リオまで来たの？」と言ったので、令息の名前がリオ様だと分かった。

あらためて見るリオ様の顔は、悪くないけどパッとしない。なんというか、普通？　これなら、ベイリー公爵家の次男クルト様のほうが何倍も素敵だわ。

でも、リオ様はお金持ちのバルゴアだから、それだけで価値があるのよね。お父様も仲よくしろって言ってたし。

それにしても、お姫様抱っこされている女は誰？　私とワンピースの色がかぶっているのが許せないんだけど？

お姫様抱っこされている女がチラリとこちらを見た。

「お、姉様？」

その顔はたしかにお姉様だった。頬を赤く染めたお姉様は、恥ずかしそうに俯いている。

「リ、リオ様、下ろしてください」

「あなたの靴がないから下ろせません」

「でも……みんな、こちらを見ています……」

リオ様は、お姉様を抱きかかえたままソファーに座った。下ろしてもらえると思ったお姉様の顔に一瞬笑みが浮かんだけど、ソファーではなくリオ様の膝の上に座らされ、赤かった顔が今度は青くなっていく。

リオ様がお姉様に向ける瞳は、とても温かかった。優しく頭を撫でられたお姉様は、なぜか文句を言いたそうな顔でリオ様を睨みつけている。

そんな2人を見た夫人が「……リオ、あとで話があります」と冷たい視線を送った。でも、夫人はお姉様には「本当にうちの甥がごめんなさいね」と申し訳なさそうに謝っている。

……こんなのおかしいわ。

だって、みんなに愛されるのは私で、冷たい視線を向けられるのがお姉様の役目なのに。

だから、リオ様にお姫様抱っこされるのも私だし、優しく頭を撫でてもらうのも私じゃないとダメなのに……？

「お、お姉様？」

何してるのよ!?　早くいつもみたいに私をいじめなさいよ！

どうしてお姉様は、こんなに役立たずなの!?

またお父様に言って食事を抜いてもらわないと。

「マリン」

お姉様に名前を呼ばれて、私はハッと我に返った。

「私、もうあの家には帰らないわ」

淡々とした言葉に私は喜んだ。やっぱりお姉様は、私をいじめる悪役じゃないとね。

「そんなっ、お姉様、どうしてそんなにひどいことを言うのですか!?」

こう言えば、いつも周りの人たちは、お姉様を睨んで私を可哀想だと思ってくれる。

チラリとリオ様を見ると、お姉様しか見ていなかった。夫人は私を見て眉をひそめている。

「リオ、今の言葉、ひどいかしら？」

「さぁ？」

パチンと扇を閉じた夫人は、「マリンさん。あなた、何一つセレナさんのことを聞かないのね」と呆れたように言う。

「ケガの具合も、どうして家に帰りたくないのかも聞かない。あなたはセレナさんのことなんてどうでもいいように見えるわ」

「そんなこと、ないです……」

ウソだった。だって、お姉様のことなんかどうでもいいもの。それより、どうして私が責められないといけないの⁉

「セレナさんは、ケガが治るまでターチェ家で預かります」

「だったら、私もお姉様の側にいさせてください！」

「なんのために？」

夫人の問いに私は答えられなかった。

「よかった。マリンさんまでセレナさんの世話をすると言いだすのかと思ったわ。セレナさんに付きまとうのはリオだけで十分よ」

ため息をついた夫人に、リオ様は「付きまとっていませんよ、お世話しているんです」と不服そうだ。

「そのお世話の仕方に問題があります！」

ピシャと怒鳴られて、リオ様は大きな体をビクッと震わせた。それを見てクスッと微笑むお姉様。

なにその笑顔？　私のことを見下してバカにしてるの⁉

でもバカにされても仕方ないわ。だって、この部屋の中では、誰も私を見てくれない。部屋の隅に控えているメイドですら私を見ていない。

お姉様が自分の役目を果たさないから……。

私は両手を握りしめるとソファーから立ち上がった。ようやくリオ様が私を見た。でも、その視線はすぐにお姉様に戻される。

「……私はこれで失礼します」

なんとかお辞儀をすると、私は部屋から飛び出した。誰も追いかけて来てくれない。扉の前で控えていた護衛騎士だけが「どうしましたか、マリンお嬢様⁉」と聞いてくれた。

でも、こんな格下に心配されても嬉しくない。

私は差し出された護衛騎士の手を、怒りに任せて叩き落とした。

ケガをしただけでお姉様は、あのバルゴアのリオ様と、この豪邸に住んでいるターチェ夫人に心配してもらえるのに！

だったら私もケガをすればいいの⁉　でも痛いのは嫌。

帰りの馬車の中で、私の気分は最悪だった。

馬車がファルトン邸に着くと、一人のメイドが駆け寄ってきた。馬車に乗っていたのが私だと分かると、メイドが目に見えて肩を落とす。

たしかこのメイド、セレナお姉様の専属メイドだわ。パサパサの茶色い髪を三つ編みにしている姿が平民らしく貧乏くさい。お姉様にお似合いのメイド。

夜会からお姉様が帰ってこないから心配しているのね。

「あ、そうだわ」

いいことを思いついた私は、お姉様のメイドに手招きをする。

戸惑いながら近づいてきたメイドに、お姉様がケガをしてターチェ伯爵家に迷惑をかけていることを教えてあげた。

驚くメイドに私は「お姉様のお世話をしにいってくれる？」とお願いする。

「もちろんです！」

「付いてきて。すごくいいものがあるの」

メイドを私の部屋に招き入れ、私はガラスの小瓶に入った特別な薬を手渡した。

これは願いが叶う魔法の薬。この薬でお父様も幸せを手に入れたんだって。お父様はカギがかかった小箱にこの薬を大切に保管していた。

小箱のカギはお父様がいつも持ち歩いていたけど、お父様が入浴中に部屋に忍び込んだらカギを見つけられた。だから、こっそり小箱の中身をすり替えたの。

だって、私も幸せになりたいもの。

「とても高価なお薬よ。ケガを早く治すために、セレナお姉様の食事に毎日1滴ずつ入れてね」

そうすれば、リオ様にお姫様抱っこされるのも、ターチェ伯爵夫人に心配されるのも私になる。

ほらね、これでみんな、幸せでしょう？

◆◇◆◇◆

突然ターチェ家を訪ねてきたマリンが、何もできずに帰っていった。

いつものように「ひどいわ、お姉様！」とマリンが涙を浮かべても、ターチェ伯爵夫人もリオ様も少しも相手にしなかった。部屋から飛び出したマリンを気にする人は誰もいない。

私が暮らしていたファルトン家では、いつだってマリンが中心だった。みんながマリンの機嫌を取って、喜ばせようとしていた。

それなのに、ここでは誰もマリンを見ていない。とても不思議だったけど、マリンが帰ったあとに、じわじわと嬉しくなってきた。

私がニコニコしていることに気がついたのか、リオ様がまた私の頭を撫でた。

大きな手でよしよしと撫でられると、まるで自分が子供に戻ってしまったような気がする。

お母様もこうして私の頭を撫でてくれていたっけ。

それにしても、私はいつまでリオ様の膝の上に乗っていればいいの？

こちらを見るターチェ伯爵夫人の瞳が、恐ろしいほど冷たい。

「リオ。とりあえず、セレナさんを膝から下ろしなさい」

「あ、はい。叔母さん」

素直に言うことを聞いたリオ様は、私をようやくソファーの上に座らせてくれた。そうよね、これが普通よね。

「リオ、これまでの行動は、何か考えがあってのことなの？」

リオ様は「うーん」と首を傾げている。

「うまく説明できませんけど、セレナ嬢の妹に『セレナ嬢にはもう手出しができないんだ』と分からせたほうがいいと思いました」

「それでセレナさんを膝の上に乗せたと？」

「はい」

申し訳ないけど、『ああ、なるほど！』とはならなかった。でも、リオ様なりに考えて私を守ろうとしてくれた気持ちは嬉しい。

「たしかにね。リオのお気に入りともなれば、相手は簡単に手が出せない。だけど、セレナさんの許可は取ったの？」

「……あ」

夫人は、ハァと重いため息をつきながら頭を抱えている。

「バルゴアではどうか知らないけど、王都では許可なく女性に触れるのはすごく失礼なことなの。それに、急に触れられたら怖いわ。あなただってよく知らない女性に抱き着かれでもしたらわけが分からないし怖いでしょう？」

「はい、すみません……」

リオ様の大きな体がどんどん小さくなっていく。

もう一度ため息をついた夫人は「この話はあとでしましょう。たっぷりお説教してあげるわ」と話を切り上げて、メイドを側に呼んだ。

「セレナさんの靴を持ってきて」

すぐに綺麗な箱を手に持ったメイドが10人ほど客室に入ってきた。

夫人が「見せてちょうだい」と言うと、メイドたちが箱を開ける。箱の中身は全て靴だった。

「今セレナさんが着ているワンピースに合う靴はどれ？」

「奥様、こちらはどうでしょうか？」

白い靴が入った箱を持っているメイドが前に進み出た。

「いいわね。セレナさん履《は》いてみてくれる？」

「あ、はい」

すぐにメイドがひざまずき、私に靴を履かせてくれる。サイズはぴったりだった。

「似合うわね。他も見せて」

夫人の指示でメイドたちは、順番に私の前に来て箱の中にある靴を見せてくれた。

「どう？　気に入ったものはある？」

「あ、えっと、はい」

私は水色の靴を選んだ。私の瞳はお母様と同じ色。だから、私にとって水色は特別な色。

「いいわね。気に入るものがあってよかったわ。じゃあ、全てセレナさんの部屋に運んでね」

「え？　これ全部ですか？」

驚く私に夫人は「そうよ」と当たり前のように返す。

「こんなにたくさんは……」

こんなに靴をもらったら、もう一生靴を買わなくてよくなりそう。

戸惑う私に夫人は「あ、リオが払っているから気にしないで」と微笑む。

「ケガの治療中に必要なものは全てこちらで準備するわ。もちろん、慰謝料もきちんと払います。リオがね」

断ろうとする私の耳元で夫人がささやいた。

「受け取ってあげて。リオ、ああ見えてあなたをケガさせてしまったこと、すごく後悔しているから」

リオ様にケガをさせられたとは思っていないけど、私がこれを受け取ることでリオ様の心が軽くなるなら、受け取ったほうがいいのかも？

「そういうことなら……。リオ様、ありがとうございます」

パァッとリオ様の顔が明るくなる。

靴を履いた私は、リオ様にエスコートされながら滞在させてもらっている客室に戻った。

夫人に怒られて反省したのか、リオ様は「いつでも呼んでください」と言うと部屋から出ていく。

ようやく一人になれた私は、ソファーに座るとホッとため息をついた。

いろんなことがありすぎて、すごく疲れたわ。

少しだけ休憩しよう。そう思って、まぶたを閉じた。


腕の痛みで目が覚めた。

少しだけ休憩しようと思ったのに、ソファーにもたれかかるように眠ってしまっていた。

窓の外は夕焼け色に染まっている。

ズキズキと腕が痛んだ。王宮医が2、3日は痛むと言っていたので仕方ないけど、部屋に一人でいると、腕の痛みがよりひどいような気がする。

リオ様が側にいてくれて気がまぎれていたのね。

部屋の扉がノックされた。

「セレナ嬢、少しいいですか？」

声の主はリオ様だ。

「はい、どうぞ」

開いた扉から顔を出したリオ様は、なぜか戸惑っていた。

「セレナ嬢に専属のメイドはいますか？」

「あ、はい」

「名前はコニーですか？」

「どうしてそれを!?」

コニーは、孤児院から引き取られて私に付けられたメイドだった。父からすれば、私のメイドなんか平民の孤児で十分だということらしい。

「コニーに何かあったのですか!?」

「今、あなたの専属メイドを名乗る少女が門の前に来ているそうです」

「ここにコニーが！」

夜会から戻らない私を心配して、探しに来てくれたんだわ！

「案内してください」

「はい」

立ち上がった私に「気をつけて」とリオ様が手を差し出す。その手を取りながら私は門へと急いだ。

「だ、大丈夫かしら……」

リオ様は「大丈夫ですよ、この邸宅に理由なく乱暴を働く者はいませんから」と言ってくれたけど、私は少しも安心できなかった。

なぜなら、コニーは大人しそうな外見とは裏腹にすごくたくましいから。

私の悪口を言っているメイドを見つけたら殴《なぐ》りに行こうとするし、私の食事の質を勝手に落とした料理人は、コニーにヒゲをむしられて泣かされたとか。

孤児院出だからなのか、そもそも平民はみんなそうなのか、とにかくコニーの生きる力はすごく強い。

私があのファルトン家で、冷遇されながらも生き残れていたのはコニーのおかげだった。でも、さすがのコニーも貴族である父や継母、マリンには逆らえない。逆を言えば貴族以外にコニーは一切容赦しない。

だから、コニーのことが心配なのよね。

その予感は的中してしまったようで、門の付近が騒がしい。

「わぁ⁉」

「なんだコイツ！」

「コラッ、止まれ止まれ！」

腕を掴まれそうになったコニーが門番に飛び蹴りをする。後ろにのけぞり倒れていく門番。

「コニー！」

名前を呼ぶと「セレナお嬢様！」と顔を輝かせて満面の笑みで駆け寄ってきた。コニーの長い三つ編みも嬉しそうに弾んでいる。

「お嬢様、ケガをされたって……」

私の右腕は、包帯グルグル巻きに固定されていた。それを見たコニーの顔から血の気が引いていく。

「な、ななな何があったんですか⁉　どどうしてお嬢様がこんなひどいケガを⁉」

「コニー、落ち着いて！　私は大丈夫だから！」

コニーは詳しい事情を聞かされずに、ここに来てしまったのね。

私が説明する前に、隣にいたリオ様が口を開いた。

「すまない、俺が折ってしまった」

ああっ⁉　そうだけど、そうじゃないのに！

「お前が……お嬢様の……腕を……」

コニーの目がすわっている。

「許さん！」

「ダメよ、コニー！」

どんな事情があっても、平民が貴族に害を与えると罰せられてしまう。

リオ様に飛びかかったコニーは、空中で止まり後ろに引っ張られた。

「なんだ、この狂犬は」

そう言った男性は、赤茶色の髪をしていて腰に剣を下げている。

「エディ、離してやれ」

リオ様にエディと呼ばれた男性は、コニーの襟首《えりくび》を掴んでいた。ジタバタ暴れながら繰り出されるコニーの拳も軽くかわす。

「エディは、俺の幼馴染《おさななじみ》で護衛騎士なんです」

「そ、そうなのですね……。あの、コニーを離してもらっても？」

リオ様がもう一度「離してやれ」と言うと、エディ様は眉間にシワを寄せる。

「いいのか、リオ？　また飛びかかられるぞ」

「いいんだ。その子はセレナ嬢の専属メイドだ」

「これがメイドだと⁉」

パッと手を離され自由になったコニーは、私を守るように背中に隠した。

「セレナお嬢様は、あたしが守る！」

「コニー、落ち着いて」

こちらを振り返ったコニーは、目に涙をいっぱい溜めていた。

「お嬢様をケガさせられて落ち着いてなんかいられませんよ！　どうしてお嬢様ばっかりこんなひどい目にあわないといけないんだ⁉　あたしが、あたしが貴族だったら、夜会にもついていってお嬢様を守れたのに！」

「コニー……」

私は動かせる左手でコニーの頭をそっと撫でた。

「ありがとう、コニー。でも、この人たちは私の味方なの」

「……味方？」

「そう、だから大丈夫よ」

コニーの瞳からボロボロと大粒の涙が流れる。

「お嬢様、ひどい目にあってない？」

「あってないわ。見て、綺麗な服を着させてもらっているでしょう？」

コニーはコクコクと頷く。その度にコニーの瞳から涙がこぼれた。

「美味しいご飯もたくさん食べさせてもらっているの」

「よ、よかったです」

「ワッフルも久しぶりに食べたのよ。今度コニーも一緒に食べましょうね」

「は、はい！」

必死に涙を拭《ぬぐ》うと、コニーはポケットからガラス瓶を取り出した。

「セレナお嬢様、これ、あのバカ……じゃなくて、マリンに渡されました」

コニーが持っている小瓶の中には、透明な液体が入っていた。

「これは？」

マリンに渡されたというガラスの小瓶。

以前にマリンがこんなガラスの小瓶を私に見せびらかして、「お姉様、いい香りでしょう？」

と言っていた。

「これって今、王都で流行っている香水かしら？」

首を振るコニーに合わせて、三つ編みが揺れている。

「マリンは高級な薬だって言ってました。そんで、これをセレナお嬢様の食事に毎日1滴ずつ入れろって」

「それって……」

私がコニーからガラスの小瓶を受け取ろうとすると、エディ様が手で制した。

「危険物かもしれません」

コニーからガラスの小瓶を受け取ったエディ様は、フタを開けて匂いを嗅ぐ。

「何も匂わないな。リオ、嗅いでみてくれ」

リオ様は「何も匂わない。水っぽいけどな」と首を傾げた。

「まぁ、リオがそう言うならそうなのかもな。一応薬師に中身の成分を調べてもらっておく」

話についていけない私に、エディ様は「リオは鼻が利くんです」と教えてくれる。

その言葉で、私はリオ様に抱きかかえられながら、バラ園を散歩したときのことを思い出した。バラの香りに包まれながら、私の香りがするといったリオ様は、私をからかっていたわけではなかったのね。

それにしても、私の食事に毎日1滴ずつ入れるように指示したマリンの言葉が引っかかる。

それはまるで……。

「毒でも盛ろうとしたのか？」

エディ様の言葉に、私はビクッと震えてしまった。

コニーも「あのバカならやりかねん」と頷いている。リオ様の顔も怖くなっていた。

「毎日1滴ずつ入れるということは、即効性の毒ではないな。セレナ嬢をジワジワと苦しめようとしたのか」

「でもな、リオ。もしこれが無味無臭の毒だったとして、王都ではそんな物騒なものが簡単に手に入るのか？」

そんなわけがない。もしそうだったとしたら、王都は大変なことになってしまう。

エディ様が「これは本当に高級な薬の可能性はないのか？」と言うと、コニーが「それだけはない！」と断言した。

「あのバカが、セレナお嬢様に薬を渡すはずがない！　毒ではなかったとしても、何かの嫌がらせに決まっている！」

「誰が狂犬だ!?」

「なるほど、セレナ様の狂犬がそこまで言うなら信じよう」

エディ様を威嚇するコニー。

「コニー、落ち着いて」

「はい、お嬢様！」

元気なお返事をしたコニーは、エディ様に「躾は完璧だな」と言われて目を鋭くしている。

リオ様が私に向かって頭を下げた。

「うちの護衛、口が悪くてすみません。悪い奴ではないんです」

「いえ、私のほうこそメイドが大変失礼しました。コニーもすごくいい子なんですよ」

リオ様と謝り合っているうちに自然と笑みが浮かぶ。

「では、お互い様ということで」

「そうですね。そういうことで」

リオ様が「もうすぐ夕食ですね」と言うので、私は「はい」と返した。ここのご飯はすごく美味しいので夕食も楽しみだった。

「……その、食後にワッフルを出すように言っておきます」

「ありがとうございます！」

心の底からお礼を言うと、リオ様はぼうっと私を見つめた。

「どうかしましたか？」

「あ、いえ」

太陽が山の向こうに沈もうとしている。世界が夕焼け色に染まっている。リオ様も全身が真っ赤だった。

ターチェ家には、腕のよい料理人がいるようで、私の部屋に運ばれてきた夕食もとても美味しかった。

リオ様に頼んでコニーの分も運んでもらったので、２人で楽しく食べることができた。

「美味しかったですね、お嬢様」

コニーはそう言いながら食後に運ばれてきたワッフルを、ナイフで一口サイズに切ってくれる。

「はい、お嬢様。あーん」

私はコニーに差し出されたワッフルを素直に食べた。やっぱり気が許せる相手にお世話してもらうと楽ね。

そんな私たちを、なぜか扉の隙間からリオ様が覗いている。

エディ様に「何やってんだ、お前」と言われているけど、私も本当にそう思う。

「う、セレナ嬢をお世話するのは俺の役目なのに……」

「どうしてだよ」

「だって、俺がケガをさせてしまったから」

「ケガが治るまでここで面倒見て、慰謝料も払うんだろ？　だったら、世話までする必要はない」

　リオ様は「そうだが、山猫が……俺だけに懐いていたのに……」とかブツブツと謎の不満を漏らしている。

「はーん？　リオ、お前、もしかして……」

「なんだ？」

　エディ様はしばらくリオ様を見つめたあと、「いや、まぁただの罪悪感の可能性もあるか」と視線をそらす。

「エディ、なんだよ。言えよ」

「やめておく。どうせセレナ様のケガが治ったら分かることだからな」

「なんなんだよ」

　扉の前で騒がしくしていたリオ様をコニーが睨みつけた。

「セレナお嬢様から聞きました。あなたがお嬢様を助けてくれたって。でも、あたしはお嬢様の腕を折ったことを許せない！　こんなにお優しいお嬢様にケガをさせるなんてクズのすることだ！」

「くっ！　そうだ、俺はクズ野郎だ！」

　苦しそうに胸を押さえながら床に膝をつくリオ様。メイドにこんなことを言われても怒らないリオ様は、本当に変わっている。

私はコニーを手招きした。

「コニー、気持ちは嬉しいけど、リオ様に失礼なことを言うのはやめてね」

「はい！」

「リオ様も、もう気にしないでくださいね」

「セレナ嬢……」

私としては、コニーとリオ様には仲よくしてもらいたい。だって、2人は私が心の底から信頼できる数少ない人たちだから。

そう伝えると2人は揃って涙ぐむ。

「お嬢様！」

「セレナ嬢……」

それを見たエディ様が「とりあえず、セレナ様に猛獣使いの才能があることだけは分かりました」と、不思議な感想を言っていた。

◆◇◆◇◆

【ファルトン伯爵視点】


執務室の扉がノックされた。

「入れ」

静かに扉が開き、娘のマリンに付けている専属メイドが入ってくる。

「マリンに何かあったのか？」

専属メイドは、おずおずとガラスの小瓶を私の執務机に置いた。

「これは……」

「マリンお嬢様が、伯爵様の入浴中にお部屋に忍び込みすり替えていました」

すり替えたと言われて、私は慌てて執務机の引き出しを開けた。そこには厳重にカギをかけた小箱が入っている。

いつも持ち歩いている小さなカギを取り出し中身を確認すると、中には似たようなガラスの小瓶が入っていた。フタを開けて匂いを嗅いでも何も匂わない。

「それはお嬢様が準備した偽物です。本物はこちらです」

メイドが持ってきた小瓶のフタを開けると、かすかに薬の匂いがした。こちらが本物で間違いない。

私はメイドを怒鳴りつけた。

「お前がついていながら、なんてざまだ！」

「大変申し訳ありません！　お止めしようとしたのですが、聞いていただけず」

「言い訳をするな！」

このメイドはこの毒がどれほど貴重なものか分かっていない。

暗殺者が使う無味無臭の毒は、銀食器に反応してばれてしまう。しかし、この毒は多少匂いがするものの銀食器に反応が出ない。

この貴重な毒を手に入れるために、私がどれほどの時間とお金を費やしたか。

これがもっと早く手に入れば、私は愛する人を悲しませずに済んだものを。

私は父のせいで愛する人と結婚できずに、父が連れてきた爵位目当ての女と結婚させられた。父に媚薬《びやく》を盛られて無理やり、あの女と子供まで作らされた。生まれてきた子供は、あの女そっくりだった。憎い女が産んだ子供など、可愛いと思えるはずがない。

私には心の底から愛した女性がいた。彼女を幸せにすることが私の生きる目的だった。その願いは無残にも壊された。だから、父とあの女を殺すと決めた。

やっとの思いで手に入れたこの毒を、その当時のファルトン伯爵家当主であった父の食事に毎日1滴ずつ混ぜた。毒入りだと気がつかずに、少しずつ衰弱していく父の姿は滑稽《こっけい》だった。

父が意識不明になると、父が連れてきた女の食事にも1滴ずつ混ぜた。本当は2人同時に始末してしまいたかったが、父に怪しまれるかと思いわざわざ時期をずらした。

そのおかげで、父が亡くなると女もあとを追うように亡くなった。

あのときほど、清々《すがすが》しい気分になったことはない。

女は裕福な子爵家の娘だったらしい。結婚のときの持参金の多さに父が満足していたことを覚えている。しかし、結婚後に女の両親が事故で亡くなり、子爵家は親族の手に渡ったようで、女は実家との縁が切れていた。だから、女が死んでも女の親族は葬式にすら顔を出さなかった。

残された娘セレナのことで、女の親族が何か言ってくるかと思ったが杞憂に終わった。

この毒を手に入れるために、莫大な金がかかってしまっている。だから、あの女の娘セレナはマリンが結婚するまで手元に置いて利用し、そのあとは、金払いがよい貴族の後妻として売ることに決めていた。

買い手の貴族に悪いウワサがあっても知ったことではない。あの女の罪は、娘が償えばいい。

私の娘は愛する人との間にできたマリンだけだ。

幼かったマリンもようやく社交界デビューできた。大人になれば、裏の事情も知っておいたほうがいいと思い毒のことを話したが、純粋なマリンにはまだ早かったようだ。

毒をすり替えて持ち出すなんてイタズラがすぎる。だが、そんな無邪気なマリンを補うために専属メイドをつけている。このメイドがマリンを支えればいい。

そのために、わざわざ下級貴族の娘なんかに大金を払って雇ってやっているのだから。

マリンには、愛する人と幸せになってほしい。もちろん、できれば婿養子を取って、マリンにファルトン伯爵家を継いでほしいが、嫁に行っても仕方がないと思っている。そのときは、マリンの子供を養子にもらってファルトン家を継がせるつもりだ。

そのマリンの愛する相手がバルゴア令息なら、さらにいい。

都合がよいことにセレナがケガをして、バルゴア令息と繋がりができた。これを利用しない手はない。

バルゴア令息がマリンを気に入れば、それは2人にとって最高の幸せになるだろう。

マリンの幸せが私の幸せでもある。

「伯爵様……」

マリンの専属メイドに声をかけられた。まだいたのか。

メイドは俯きながら、「あの」と言う。

ああ、そうだった。マリンをうまく補佐できれば、追加で金を払ってやると言っていたことを思い出す。

私は袋の中に入っている銀貨を数枚掴むと、床に投げ捨てた。

専属メイドは、床に這いつくばり散らばる銀貨を必死に拾い集める。

全て拾い終わると、メイドは一礼して去っていった。

哀れなものだ。マリンには一生お金の苦労をさせたくない。そのためにも、マリンを確実に守ってくれる結婚相手が必要だった。

「セレナが迷惑をかけた詫びとして、当家でパーティーを開いてバルゴア令息を誘うか」

そのパーティーが、マリンとバルゴア令息の運命の再会の場になるかもしれない。

「たまには、あの女の娘も役に立つものだな」

セレナを使い潰《つぶ》してから最高の金額で売り払う。それが叶ったとき、私の復讐はようやく終わりを告げる。

◆◇◆◇◆

【リオ視点】


俺の幼馴染エディが、さっきからずっとブツブツと文句を言っている。

まぁピンク色の可愛らしい菓子店の行列に、むさ苦しい男２人で並んでいるので、文句を言いたくなる気持ちも分かる。

「そんなに嫌ならついて来なくていいのに……」

俺が呆れた視線を向けると、エディは「これでも俺はお前の護衛騎士なんだよ！」と目を吊り上げている。

「どうしてリオが並ぶんだ！　こういうことは、ターチェ家の使用人に任せればいいだろ？」

エディの言うことはもっともで、列には貴族の使用人と思われる人も多くいた。

「でも、あの家の中で一番ヒマなの俺だし」

「はぁ？」

バルゴア領にいたときと違い、王都では嫁探しをすること以外やることがない。俺の護衛騎士として付いてきたエディも、ヒマを持て余しているはずだ。

「ヒマって、嫁探しはしなくていいのかよ？」

エディの言葉に俺はなぜか驚いてしまった。

「あ、いや、今はほら、セレナ嬢の世話が……」

「世話は狂犬メイドがやってるからしなくていいだろ？」

「うっ」

エディの言う通り、セレナ嬢の世話役をコニーに取られてしまった。セレナ嬢も俺に世話をされるより、気心の知れたメイドに世話をしてもらうほうがいいらしい。

「だから、王都で有名な菓子でも買って贈ろうかと……」

「どうしてだよ？」

「どうしてって、そうすればセレナ嬢が喜んでくれる、から？」

エディがなんとも言えない顔をした。腕を組みながら「ケガをさせた罪悪感か？　それともそっちなのか？」と唸《うな》っている。

そうしているうちに列が進み、俺は無事に有名店の菓子を買えた。

このリンゴのタルトは甘みと酸味がほどよく、タルト部分がサクサクですごく美味しいらしい。叔母さんのオススメだ。

贈り物だと伝えると、店員がリボンをつけてくれると言うので、水色のリボンをつけてもらった。

「無事に買えてよかったな。せっかく街まで来たんだから、薬師のところに寄ってから帰ろうぜ」

「ああ、そうだな」

コニーからガラスの小瓶を受け取ったエディは、あのあとターチェ家の使用人に聞いて、信頼できる薬師を紹介してもらったらしい。

ガラスの小瓶の中身がなんだったのか、俺も早く知りたい。

有名菓子店があった大通りから離れ、裏道に入ったところにその薬師は店を構えていた。年季の入った店構えで、店前には葉が茂った植木鉢がズラリと並んでいる。

薬草ばかりだったけど、俺が知らない植物もあった。

エディは木の扉をドンドン叩くと「じぃさんいる？」と大声を出す。中から返事はない。

「あれ、いないのかな？」

ドンドンドンと扉を叩いていると「うるさい！」と中から怒鳴り声がした。

「あ、なんだいたのか！」

エディが店の扉を開けた途端に、強烈な薬の臭いが辺りに漂う。

「う」

「リオ、臭かったら外で待っていていいぞ」

「いや、俺も入る」

店の中では白髪の老人がすり鉢で何かをすり潰していた。俺たちの姿を見て「まったく田舎者はこれだから」と悪態をつく。

「じぃさん。昨日頼んだやつ、調べておいてくれたか？」

「ああ、あれな」

薬師は立ち上がると、奥からガラスの小瓶を取ってきた。

「これは薬じゃない。ただの水じゃよ」

「だとよ、リオ」

「やっぱり水だったか」

俺の言葉に薬師は目を鋭くした。

「分かっていたのか？」

「いや、確信がなかったんだ。調べてもらって助かったよ」

エディが薬師に代金を支払っている。

ふと気になった俺は「この店では毒も取り扱っているのか？」と聞いてみた。

代金を受け取った薬師は「まさか」と首を振る。

「そういうのが欲しいのなら情報屋に行きな。裏社会の連中と繋げてくれるさ。まぁとんでもない金額を要求されるがな」

やはり王都でも毒は簡単に手に入るものではないようだ。

ガラスの小瓶は、セレナ嬢の妹のイタズラだったのか？　でも、そうだとしたらなんのために？

「う、考えるのは苦手だ。いっそのこと本人たちに会えば悪意が分かるのになぁ」

「ファルトン伯爵家に乗り込むつもりか？　さすがに捕まるぞ」

「そうだな」

エディと共にターチェ伯爵家に戻ると、ちょうど叔父さんも帰ってきたところだった。

「リオくん、ちょっといいかな？」

「はい」

叔父さんの執務室に通された俺たちは、ソファーにかけるように言われた。こういうときのエディは数歩下がって黙って俺の背後に立っている。

主《あるじ》と護衛騎士は、本来ならこの距離が正しいけど、俺のほうから2人のときは今まで通りにしてくれと頼んでいた。

向かいのソファーに座った叔父さんは小さなため息をつく。

「セレナさんのことだけどね」

叔父さんは、いろいろとファルトン伯爵家のことを調べてくれたそうだ。

「やはりセレナさんの言っていることが正しいようだね」

「と、言うと？」

「セレナさんは、ファルトン伯爵家で家族と認められていなかったみたいだよ」

叔父さんが言うには、ファルトン伯爵家は仲のよい3人家族だそうだ。

「高級レストランで食事をしたり、服飾士を呼んでドレスを作ったりする際も、伯爵と伯爵夫人、その娘の3人しか目撃されていないんだ。店の若い従業員や服飾士にセレナさんのことを聞いたら、『もう一人娘さんがいたんですか？』と驚かれてしまったよ」

それでも、長く勤めている店員たちは、セレナ嬢のことを知っていた。でも、数年前にセレナ嬢の母が亡くなったときに、セレナ嬢も一緒に亡くなったと思われていたそうだ。

「それくらい、セレナさんは外に出ていなかったようだね」

「家の中に閉じ込められていたってことですか？」

自分が思っていた以上に冷たい声が出た。

「そういうことだろうね。セレナさんは、貴族が集まる夜会にだけは出ていて『社交界の毒婦』なんて呼ばれていたけど、社交界を知らない人たちに聞いたら、すぐに真実が浮き上がってきたよ」

「これでセレナ嬢を助けられるんですか？」

「いや、これだけでは無理だね。いろいろ調べているうちに分かったことなんだけど、セレナさんの母親が亡くなったあとに、ファルトン家では大量に使用人が解雇されたそうなんだ。その使用人たちなら、その当時のファルトン家でセレナさんがどのような扱いを受けていたのか詳しく話してくれるかもしれない。今、その人たちを探しているんだ」

「ありがとうございます。叔父さん」

叔父さんは「まぁ、これも何かの縁だから」とニコリと微笑む。

解雇された使用人たちが見つかり、セレナ嬢がひどい目にあわされていたという証言を得られれば、セレナ嬢はあの家と縁を切れる。

早くそうなればいいと願いながら、俺は叔父さんと別れたあとにセレナ嬢の部屋へ向かった。なぜかエディも付いてきている。

扉をノックすると、すぐに「はーい」という声が聞こえて、コニーが顔を出した。

「げ」

「げって」

コニーはいまだに俺を警戒している。まぁ、大切な主の腕を折った男だから仕方がない。

「セレナお嬢様に、何か用ですか？」

俺は手に持っていた箱を見せた。

「王都で有名な菓子を買ってきたんだ」

「へぇ、じゃあ、お嬢様に渡しておきます」

箱を受け取ろうとしたコニーから逃げるように、俺はあとずさる。

「なんなんですか？」

「いや、直接渡したいなって」

「はぁ？」

だって直接渡さないと、喜んでもらえたか分からない。

コニーはしぶしぶ俺を部屋の中に入れてくれた。

セレナ嬢はちょうどお茶の時間だったようで、バルコニーに置かれたテーブルでお茶を楽しんでいた。

「リオ様？」

その顔には『何か用かしら？』と書かれている。世話係から外された俺は、用がないとセレナ嬢に会うことすらできない。

「ちょうどお茶をしていたところです。リオ様も一緒にどうですか？」

勧められるままに席に座ると、俺はタルトが入った箱をテーブルに置いた。

「これは？」

「王都で有名な菓子店で買ってきました」

俺が箱を開けて中を見せると、セレナ嬢の顔がパァと明るくなる。

「すごく美味しそうですね」

瞳がキラキラと輝き、口元には笑みが浮かんでいる。

嬉しそうなセレナ嬢を見られて、俺は心の底から『買ってきてよかった』と思えた。

◆◇◆◇◆

リオ様が訪ねて来る少し前まで、私はぼんやりと窓の外を眺《なが》めていた。

ターチェ家の庭園は、とても広く美しい。でも、今の私は花を愛《め》でる余裕がない。

異母妹マリンが、コニーに渡したガラスの小瓶。

もし、あの中身が毒だったとしたら……。

私は母が亡くなったときのことを思い出していた。

祖父が病に倒れベッドから起き上がれなくなった頃、母にも同じような症状が現れた。

吐き気やひどい頭痛に苦しみながら、母の食はどんどんと細くなっていく。お医者さんに見てもらっても、原因が分からず吐き気止めと痛み止めの薬を処方されるだけだった。

祖父も母も苦しんだ末に衰弱して亡くなった。

もし、あれが、病ではなく毒のせいだったら？

祖父と母が亡くなったのは、マリンたちがファルトン家に来る前のこと。だとしたら、祖父と母に毒を盛ったのは……。

父の冷酷な瞳を思い出し、全身が震えた。

「セレナお嬢様、寒いんですか？」

コニーの言葉で我に返る。

「ううん、大丈夫よ」

そう、大丈夫。これは私の想像で、まだそうだと決まったわけではないのだから。

「庭園のお花が綺麗だから見惚れていただけ」

「でしたら、バルコニーでお茶にしませんか？」

「いいわね、コニーも一緒にお茶にしましょうね」

「はい！　お嬢様は、こちらに座ってください」

バルコニーに置かれているテーブルセットの椅子を、コニーが座りやすいように後ろに引いてくれた。ここからは庭園が一望できる。

リオ様やターチェ家の人たちは、私にとてもよい客室を貸してくれているのね。ターチェ家のメイドたちもすごくよくしてくれるし、ここまでしてもらうとなんだか申し訳なくなってくる。

かといって、他に行く当てもないので大人しくお世話になるしかない。

腕のケガが治ったら、どうしようかしら？

もう二度と実家のファルトン家に帰るつもりはない。ターチェ家かバルゴア領で職を紹介してもらうのもいいかも？

頑張って働いて、小さな家を借りてコニーと一緒に暮らせたらとても幸せだと思う。

そんなことを考えていると、リオ様が部屋に来た。王都で有名なお菓子を買ってきてくれたらしい。

リオ様が、水色のリボンを解いて箱を開けると甘酸っぱいリンゴの香りが漂う。

「ありがとうございます。みんなでいただきましょう。コニー、リオ様やエディ様の分のお茶も入れてくれる？」

「……はーい」

不満そうなコニーの襟首をエディ様が掴んだ。

「態度が悪いぞ、狂犬メイド！」

「お前にだけは言われたくない！　あ、セレナお嬢様、エディ様はお茶いらないそうですー」

「いるわ！　飲むし食べるわ！」

エディ様は「それを買うの大変だったんだからな⁉」とコニーに愚痴《ぐち》っている。

私がリオ様に「大変だったのですか？」と尋ねると、リオ様は「いや、全然」と首を振った。

切り分けるためにコニーがリンゴのタルトにナイフを刺すと、タルトの部分からサクッとよ

い音がする。

「お嬢様……これは、絶対、美味しいやつです」

「そうね、これは絶対に美味しいやつだわ」

コニーの瞳がキラキラ輝いているけど、たぶん、私の目もそんな感じになっていると思う。

予想通りというか、予想を遥かに超えてリンゴのタルトは美味しかった。

「んー！！！」

あまりの美味しさに、心の中で買ってきてくれたリオ様に感謝の祈りを捧げてしまう。

リオ様は終始ニコニコしていた。なんだろう、この人。いつも機嫌がいいし、美味しいものをたくさんくれるし、すごくよい人だわ。

いつでも不機嫌そうに睨みつけてくる私の父とは大違い。

父に冷遇される母を見て育ったから、私は今まで結婚に少しの憧れも持っていなかった。でも、きっとこういう人と結婚したら結婚後も幸せになれるのね。

「すごく美味しかったです。ありがとうございます。リオ様のお嫁さんになれる方は幸せですね」

心の底から感謝の気持ちを伝えると、お茶を飲んでいたエディ様がゴフッと小さくむせた。

「大丈夫ですか？」

「……大丈夫です。その、セレナ様はご結婚の予定、いや予定というか、結婚するつもりはないんですか？」

「結婚ですか……」

貴族の嫁入りには持参金が必要だった。父が私のために持参金を用意してくれるはずがない。もしマリンが他に嫁いだら、私が無理やり婿を取らされて跡を継ぐこともあるかもしれないと思っていたけど、もうあの家には帰らないので、その可能性もなくなった。

家を出た私は、平民として生きていくことになると思う。これまでは怖くてその選択ができなかったけど、ターチェ家やリオ様と繋がりができた今なら、なんとかなりそうな気がしている。

「生きることに精一杯で、結婚なんて考えたこともないです」

「そ、そうなんですね」

「それに、社交界の毒婦なんて呼ばれている私を妻に求める人なんていませんわ」

「そんなことは……」

エディ様はなぜかリオ様をチラチラ見ているけど、リオ様は変わらずニコニコしているだけだった。

タルトを食べ終わったコニーが「そういえば、ガラスの小瓶の中身、なんだったんですか？」と聞いてくれた。

私もそのことが気になっていた。

一瞬顔を見合わせたリオ様とエディ様。

「調べたのですが、中身は水でした」

コニーが椅子から立ち上がり「そんなわけない！」と叫ぶ。

「マリンの言い方だと、あれは毒だ！」

コニーの言う通り、私もマリンはコニーに毒を渡したのだと思う。ただ、中身がマリンが思っていたものじゃなかっただけでは……？

となると、ガラスの小瓶はマリンのものじゃない。もしかして、父の持ち物をマリンが勝手に持ち出したから、中身を間違えたの？

そう考えたら全ての辻褄《つじつま》が合ってしまう。

リオ様に「セレナ嬢、顔が真っ青ですよ⁉」と声をかけられて、私は自分が俯いていたことに気がついた。

「気分が悪いんですか？」

「少し……きゃあ⁉」

頷いた途端に、リオ様が私を抱きかかえたので悲鳴を上げてしまう。

「寝室へ運びます！」

「そこまでではないです！」

「ダメです、休んでください。エディ、医者を呼んでくれ！　コニーは水を！」

テキパキと指示するリオ様。気がつけば、私はリオ様にベッドに寝かしつけられていた。

「すぐに医者が来ます。ゆっくり休んでください」

「どうして、ここまで……」

困惑しながら尋ねると「それは、俺がケガをさせてしまったから」という聞き慣れた言葉が返ってくる。

真面目《まじめ》すぎるというか、なんというか。

こんなに後悔しているなら、罪悪感から私の言うことをなんでも聞いてくれそうな気がしてきた。最低な考え方だけど、これを利用しない手はない。

ベッドの側から離れようとしたリオ様の服の袖を私は掴んだ。

「リオ様……」

「えっ、は、はい？」

私はベッドから上半身を起こすと、私が思いついてしまった最悪の事態のことをリオ様に話した。普通の人ならバカバカしいと鼻で笑うような話だけど、なぜかリオ様ならちゃんと私の話を聞いてくれる気がする。

「もしかすると、祖父と私の母は……父に毒を盛られていたのかも……？」

今思えば、おかしなことがたくさんあったのに、なぜかあのときはその可能性にたどり着けなかった。毒なら銀食器に反応するだろうという思い込みと、いくら父が祖父や母を憎んでいるからといって、そこまではしないだろうという甘い考え。

母や私のことが嫌いでも、父と私は血がつながった家族なのだからという幻想が音を立てて崩れていく。

あの家で暮らしていたら、私もいつか毒を盛られて殺されていたのかもしれない。ううん、わざわざ私を生かしているのだから、それよりもっとひどい目にあわされていたのかも？

「今までは、父と縁が切れてあの家から出ていければ、それでいいと思っていました。でも、もし、父が祖父や母を殺しているのなら……。私は父を……あの男を絶対に許さない」

私の声は情けないくらい震えていた。でも、この決心だけは揺らがない。

私はリオ様に深く頭を下げた。そのときに、固定されている右腕が痛んだけど、気にしている場合じゃない。

「リオ様、もうお菓子も慰謝料もいりません。私にケガをさせて悪いと思っているのなら、真相を解き明かす手助けをしてください。お願いします！」

断られたら、ケガをさせたことで脅してやろうと思っていた。それなのに、リオ様はあっさりと同意する。

「分かりました」

「……いいのですか？」

「え？　はい、もちろん。でもなぁ」

腕を組んだリオ様は、困った顔をしている。

「俺、考えるのが苦手なので、とりあえずファルトン家に乗り込んでいいですか？」

「乗り込む、ですか？」

「はい、悪い奴は見たらだいたい分かりますから」

「そういうものなんですか？」

「そういうものなんです」

きっぱりと言い切ったリオ様。もしかして、バルゴア領の人はみんな分かることなの？　だから、バルゴアはこの国最強とか言われているの？

なんだかよく分からないけど、私はすごい味方を手に入れたみたい。

「でしたら、私も一緒に行きます」

「うーん、セレナ嬢にはここに残ってほしいけど、たぶんセレナ嬢がいたほうが相手の悪意が分かりやすいと思うんですよ。だから、一緒に行きましょう」

「はい」

ニコリと微笑んだリオ様は、誠実そうな瞳で私を見つめている。

「大丈夫、何があっても俺が必ずあなたを守ります」

考えることが苦手だと言うリオ様は、たぶん何も考えていない。だから、この言葉にはなんの意味も込められていない。

それが分かっているのに、私は……不覚にもときめいてしまった。

第四章　バルゴアであるということ

『俺、考えるのが苦手なので、とりあえずファルトン家に乗り込んでいいですか？』と言ったリオ様は、何をするのかと思ったら、ターチェ伯爵夫妻に面会を求めた。

でも、その日は、ターチェ伯爵が不在だったので、明日の朝会う約束を取り付けたらしい。

次の日の朝、リオ様は私を連れてターチェ伯爵夫妻に会いに行った。私たちの後ろにはエディ様が付いてきている。コニーも付いてきたがったけど、夫妻に呼ばれていないメイドを連れていくことはできなかった。

テーブルを挟《はさ》み、ターチェ伯爵夫妻と向かい合い座る。私はわけが分からないまま、リオ様の隣に座った。エディ様は、少し離れたところに立って控えている。

話を切り出したのはリオ様だった。

「叔父さん、叔母さん、ターチェ伯爵家の護衛を10人ほど貸してください」

ターチェ伯爵は「別に構わないけど、何をするんだい？」とリオ様に尋ねる。

そうよね、気になるわよね。まさかその護衛を借りて、本当にファルトン家に乗り込むんじゃ……。

私の予想に反してリオ様は「あ、鍛えます」と返事をした。

ターチェ伯爵夫妻の頭の上には『？』が浮かんでいる。私も意味が分からない。

伯爵夫人が控えているエディ様を手招きした。リオ様と付き合いが長いエディ様に通訳をしてもらうつもりなのかもしれない。

「エディ、どういうことなの？」

エディ様は、夫妻の側に行くと姿勢を正した。

「リオ様は、本格的にファルトン家の問題を解決すると決めたようです」

「と、言うと？」

ターチェ伯爵の質問にはリオ様が答えた。

「ファルトン伯爵は、セレナ嬢を冷遇していただけでなく、実の父とセレナ嬢の母を毒殺している可能性が出てきました」

「毒殺!?」

「何年も前の話ですし、もしそれが事実でも証明することは難しいでしょう。だから、俺とセレナ嬢が直接ファルトン家に乗り込みます」

夫人が「の、乗り込むって!?」と悲鳴のような声を上げる。

「あ、もちろん、ファルトン家に乱暴を働きに行くわけではありません。でも、相手の動きを制限して、証拠を確実に押さえるために、俺が自由に動かせる兵が必要です」

「そのために護衛を10人貸してほしいと？」

「はい。すぐに意思疎通を図るのは難しいと思うので、5日ほど一緒に訓練をします」

「リオくん、ここはバルゴア領ではないよ。辺境伯に与えられているような権限の行使はできない。私情で人を罰するとリオくんが罪に問われる」

「分かっています。だから、俺の目的は、毒殺の証拠を見つけ犯人を逃がさないように、その場で取り押さえることです。そのあとのことは叔父さんに任せますよ。あ、もちろん、毒殺の事実がなければ何もせずに帰ってきます」

ターチェ伯爵は「うむ」と頷いた。

「分かった。リオくんの好きにしていいよ」

「あなた!?」

驚く夫人を伯爵は「まぁまぁ」と宥《なだ》める。

「不思議だけど、リオくんに任せたら大丈夫な気がするんだよ。バルゴア辺境伯からも『息子の好きにさせてやってくれ』と頼まれているからね」

「私もリオのことは信用しているわ。でも、はぁ……そうね」

夫人は大きなため息をつきながら、頭を抱えている。

「困ったことに都合よくファルトン家から、リオ宛にパーティーの招待状が届いているの」

夫人から招待状を受け取ったリオ様は「それは好都合ですね」と喜んでいる。

「へぇ、パーティーは7日後なんですね。身内だけの小さなパーティーだそうですし、本当にこちらに都合がいい」

私もリオ様から招待状を見せてもらうと『セレナが迷惑をかけたお詫びがしたい』と書かれていた。

夫人が「セレナさんに迷惑をかけているのは、こちらだと言っているのに……」と怖い顔をしている。

「セレナさんも一緒に行くのよね⁉」

「はい」

「じゃあ、当日は着飾りましょう！」

「え？」

夫人は「マリンとかいうあんな失礼な女、セレナさんの美しさで黙らせてやるわ！」と燃えている。

「今からドレスを作っても間に合わないから、オーレリアのドレスを改良しましょう！　アクセサリーはどんなのがあるかしら？」

オーレリアとは、嫁いでいった夫人の一人娘さんのお名前で……。

張り切る夫人は、部屋に控えていたメイドたちを呼ぶとドレスの打ち合わせを始めてしまった。

ターチェ伯爵とリオ様は、護衛の選別の話をしている。

「叔父さん、護衛を一堂に集めてくれませんか？　顔を見て俺が選びます」

「分かった」

私がリオ様に『真相を解き明かす手助けをしてください』と言ったせいで、なんだかすごい話になってしまった。

戸惑う私に気がついたのか、リオ様はそっと私の肩に触れる。

「セレナ嬢、心配しなくていいですよ」

そう言ったリオ様の笑みはとても優しい。

「俺、難しいことや細かいことを考えるのは苦手なんです」

リオ様は、たしかにそう言っていた。

「でも、身体を動かすこと、兵を鍛えること、そして、敵を征圧することは得意ですから」

その誠実そうな瞳を見つめながら、私は『あ、そうか。バルゴアってこういうことなのね』と妙に納得してしまった。

ターチェ伯爵夫人が「セレナさんを着飾るわよ」と張り切ってから、私はターチェ家のメイドによく囲まれるようになった。

今も全身鏡の前に座らされて、いろんなドレスを当てられている。

実際にドレスを着るのは、ケガをした腕に負担がかかるだろうということで、色合いや雰囲気だけを確認していた。

夫人が「やっぱり淡い色かしら？」と呟くと、メイド長が「でも、あえて濃い色もお似合いですよ」と提案する。

「私はセレナお嬢様に初めてお会いしたときのような、大人っぽいドレスもお似合いだと思います」

そう言うメイド長は、今思えば私が社交界の毒婦と呼ばれる格好をしていたときから褒めてくれていた。ああいう格好がいいと思ってくれる人もいるのねと不思議な気分になる。

夫人は、白いドレスと赤いドレスを交互に見比べて「でも、あまり男慣れしていそうだと、エスコートするリオが悪い女に騙されている感が出ないかしら？」と眉をひそめた。

夫人の言葉にメイド長は、なるほどと言いたそうに小さく頷く。

「では、清楚な中に大人っぽい上品さを入れて……」

私が口を挟むのをためらってしまうくらい、夫人もメイド長も真剣だった。

このドレス決めは長くかかりそうね。

ふと、全身鏡を見ると、コニーの姿が映っていた。私からだいぶ離れた場所で、俯きながら一人で所在なさげにしている。

「コニー？」

私が声をかけるとハッと顔を上げて、大きく頭を下げると部屋の外へ飛び出してしまう。一瞬、見えたコニーの顔が今にも泣きだしそうだった。

「すみません、少し出てきます」

夫人にそう伝えてから、私は慌ててコニーを追いかけた。

コニーの足はとても速い。すぐに見失ってしまい、邸宅内をウロウロしていると話し声が聞こえてきた。

声のほうに歩いていくと、庭園のすみっこで膝を抱えて地面に座り込んでいるコニーの後ろ姿が見えた。

私が声をかけようとしたそのとき、急に左手首を掴まれて私は「ひっ」と悲鳴を上げる。振り返るとリオ様が「すみません！」と慌てていた。

「リオ様、驚くので急に触れるのは、やめてくださいと……」

「すみません、本当にすみません！」

リオ様は「こっちです」と私の手を引く。

言われるままについていくと、そこからはコニーとエディ様の姿が見えた。自分の膝に顔を埋めているコニーを、腕を組んだエディ様が見下ろしている。ここからでは、コニーがエディ様に怒られているように見える。戸惑った私がリオ様を見ると、リオ様は人差し指を立てて「静かに」とささやいた。

コニーの声が聞こえてくる。

「セレナお嬢様が、たくさんの人に囲まれて大切にされていて、とても嬉しいんだ。でも……」

その声は震えていた。

「でも……ずっと、お嬢様の側にいて守るのが、あたしの役目だったのに。今ではちゃんとした貴族のメイドがたくさんいるし、誰もお嬢様を傷つけない。もう、孤児院出のあたしはお嬢様には必要ないんだ。それが、すごく悲しい……」

「おい、狂犬メイド」

「なんだよ！　いいよな、お前は護衛騎士だから！　大好きな人とずっと一緒にいられて」

「気持ちわりぃ言い方すんな！」

頭をガシガシとかいたエディ様は、コニーの前にしゃがみこんだ。

「言っとくが、俺も平民だぞ」

「は？　でも、お前、どこにでもついて行ってるだろ？」

コニーの疑問はもっともで、平民では入れない場所が多くある。

「俺はな、騎士階級の士爵《ししゃく》位を授かっている平民なんだよ。この国では、騎士の試験に受かると平民でも貴族の末端に入れる。まぁ、この爵位は俺で終わりで、後を継がせることはできないけどな」

「それって、騎士になれば、あたしでも貴族になれるってことか？」

「そうだ。貴族っつっても本当の貴族とは違うが、少なくとも仕える主に付いて、平民が入れない場所にでも入れるようになる」

コニーの顔が輝いた。

「じゃあ、あたしも！」

「いや、王都では女性は騎士になれない。つーか、王都で騎士になれるのは、貴族か貴族の後ろ盾がある平民だけだ」

「……なんだよ、それ……」

再び俯いてしまったコニーの頭に、エディ様がポンッと手を乗せた。

「話は最後まで聞け。王都ではっつっただろ。王都では無理だが、バルゴア領なら平民でも女性でも誰でも騎士になれる。うちは完全な実力主義だからな」

「じゃあ、あたしでも？」

「ああ、お前が騎士の試験に受かるほど強ければな」

「じゃあ、なる！　あたし、強くなってバルゴアで騎士になる！　そんで、セレナお嬢様の護衛騎士になってずっとお嬢様と一緒にいる！」

　コニーは勢いよく立ち上がった。

「なぁ、強くなるにはどうしたらいい!?　教えてくれ！」

「うーん、じゃあ、お前を俺の見習い騎士にしてやるよ」

「なんだ、それ？」

「要するに俺の弟子だ」

「分かった、今日からお前があたしの師匠ってことだな！」

「そういうことだ」

「じゃあ、今から教えろ！　いや、教えてくださいエディ師匠！」

「……お前、けっこう見込みあるな」

そんな会話をしながら、コニーとエディは歩き去った。

　2人の姿が見えなくなってから、私は大きく息を吐いた。コニーをあんなに悲しませていたなんて……。自分が情けなくなってしまう。

リオ様は、私の左手首を掴んだままだったことに気がついたのか、「あっ」と言いながら手を離した。

「リオ様は、こうなることが分かっていたのですか？」

私の質問にリオ様は首を振る。

「いいえ、でも、エディならうまくやるだろうと思っていました。あいつ、ああ見えて五人兄弟の長男で、ものすごく面倒見がいいんです」

「そうなのですね……。その、バルゴアで騎士になるって大変なのでしょうか？」

もしコニーがつらい目にあうのなら、騎士になんてならなくていい。

私のケガが治ったら今の生活も終わりで、またコニーとの二人暮らしが始まるのだから。そのことをちゃんとコニーに伝えておけばよかったと反省してしまう。

落ち込む私に、リオ様は「コニーなら大丈夫ですよ。彼女はよい護衛騎士になる」と、はっきりきっぱり言い切った。

不思議だけど、リオ様がそう言うならそうなんだろうと思える。この人は信頼できる人だから。

コニーがバルゴアで騎士になるなら、私もバルゴアについていってそこで仕事を探そう。先のことを考えるのが、こんなに楽しいだなんてすっかり忘れていた。

こんな気持ちになれるのは、リオ様やターチェ伯爵夫妻が助けてくれたおかげね。

私はなんだか嬉しくなってしまい、少しだけふざけてリオ様の手を掴んだ。

「わっ!?」と驚くリオ様に、「ね？　急に触れられると怖いでしょう？」と微笑みかける。

コクコク頷いたリオ様の顔は真っ赤だった。

「お、驚きました」

そう言いながら、リオ様の手はなぜか私の手をぎゅっと握る。

「なんだか息苦しいし、胸が締めつけられるように痛いです」

本当に苦しそうなリオ様を見て、「何か持病があるのですか？」と心配になった。

「ないです、というか今まで病気になったことがないです」

「そ、それはすごいですね……」

耳まで赤くなったリオ様は、潤んだ瞳で「セレナ嬢」と私の名前を呼んだ。繋いだ手は熱があるかのように熱い。

「もしかして、リオ様って……」

私のことが好きなのですか？

一瞬浮かんだその言葉は、現実味がなさすぎて笑ってしまう。

リオ様は、王都中の令嬢から妻に迎える人を自由に選べる。そんな人に私が選ばれるはずがない。

私はいつも可愛げがないと言われてきた。どうせ妻に迎えるなら、誰だって可愛い女性のほうがいい。

きっとリオ様は、王都の男性のように女性に慣れていなくて緊張しているだけね。そういえば、夜会でもたくさんの女性に囲まれて困っていたっけ。

「リオ様って女性が苦手なのですか？」

「そんなことは、ないと思うんですが……」

繋いでいる手を動かして、リオ様の指の間に私の指をからませると、リオ様から「ううっ」と情けない声が漏れた。

「苦手のようですね」

「か、かもしれません……」

「では、私で練習してください」

紫色の瞳が大きく見開いて私を見ている。

「練習、ですか？　なんの？」

「だから、王都の女性をエスコートする練習です。私で女性慣れしてください。リオ様にはお世話になってばかりなので、ようやくお役に立てそうなことができて嬉しいです」

ニコリと微笑みかけると、真っ赤なリオ様は無言でコクリと頷いた。

◆◇◆◇◆

【リオ視点】


セレナ嬢に「私で女性慣れしてください」と提案されてから3日後、俺は重い身体を引きずるように自分の部屋までなんとかたどり着いた。

部屋に入った途端に床に倒れ込むように膝をつく。

ソファーでくつろいでいたエディが「おい、どうした!?」と驚いた。

「む、無理だ……こんなに過酷な訓練」

「は？　訓練ってお前、さっきセレナ様に会いに行くって言ってなかったか？」

そう、俺はセレナ嬢に会いに行っていた。

ちなみに、朝晩の護衛たちの訓練は問題なく進んでいる。

叔父さんに貸してもらった護衛たちは、動きがよくなってきたし一体感も出てきたので、これならうまくやれそうだった。

問題は、昼間に行われるセレナ嬢の訓練だ。

この訓練の目的は、俺が王都の女性に慣れること。

言われてみれば、たしかに俺は王都の女性が苦手だった。バルゴアには、女性騎士がたくさんいて彼女たちと接する機会も多い。

でも、女性である前に騎士だったせいか、彼女たちの性別を意識したことすらなかった。

いや、でもよくよく考えると女性騎士以外の女性たちも、意識したことなかったかもな。

それなのに、王都では意識しようと思っていないのに、俺の全神経がセレナ嬢に持っていかれてしまう。

俺の目は、セレナ嬢の指先のかすかな動きすら見逃さないように追いかけてしまうし、鼻はずっとセレナ嬢のよい香りを嗅いでいるし、耳はセレナ嬢の声を決して聞き逃さないようにと常に集中している。

そんな状態の中、俺が女性に慣れるようにと、セレナ嬢はいろんなことを教えてくれた。

「リオ様。王都ではエスコートやダンスの前に、女性の手の甲に口づけをするふりをします。あなたとご一緒できて光栄ですという意思の表れです」

「リオ様。ダンスでは、もっと密着したほうがいいと思います。手は女性の腰に……そうです！

そこです」

ニコニコと楽しそうに、そんなことを言ってくる。なんなら実践してくれる。

今日だって固まってしまっている俺の手の甲に、セレナ嬢は「こうですよ」と口づけをするふりをした。しかも、ダンスのポーズを取って「手はここです」と俺の手をセレナ嬢の腰に誘導した。

「……ほ、細かった……。エディ、俺、もうダメかもしれん。セレナ嬢の前でだけ、動悸息切れが激しくて、立っているのもやっとなんだ」

俺の話を黙って聞いていたエディの顔が、どんどん険しくなっていく。

「なぁ、エディ……俺って病気なのか？　一回、医者に診てもらったほうが……」

今まで病気にかかったことがないので、病気がどんなものか分からない。

エディは「やめろ、恥をかくだけだぞ」とため息をついた。

「リオ、よく聞け。俺は今まで、セレナ様に対するお前の気持ちがケガをさせた罪悪感なのかと悩んでいたが違った。それはもう確実に惚れてるだろう⁉」

「惚れ……？」

「なんだ、その顔は⁉　まさか本気で気がついてなかったのか⁉　お前はセレナ嬢が好きなんだよ、愛してるんだ、嫁に欲しいと思ってるんじゃないのか？」

「嫁……」

「お前が王都に来た目的、嫁探しだろう!?　お前、何しにここに来たんだ？」

エディの言葉を一つずつ確認していく。

俺は、セレナ嬢が好き。愛している。嫁に欲しい。

その言葉の意味を理解したとき、俺は「あ、ああ！　それだ！」と叫んでしまった。

「それだじゃねーよ!?」

「病気じゃなかったんだな……これが恋か」

今まで病気をしたことがなかったけど、恋をしたこともなかった。

初めてのことは、よく分からなくて当然だ。

「エディ、俺はどうしたらいいんだ？」

「そりゃ、告白……いや、待てよ」

エディが言うには、今、俺が告白すると、セレナ嬢は「はい」と答えるしかないらしい。

「ほら、セレナ様はケガをしていて他に行く場所がないだろう？　それに、これからお前にファルトン家の悪事を暴いてもらおうとしている。そんな相手に告白されたらどう思う？」

「……嫌でも受け入れるしかないな」

「まぁそういうことだ」

「だったら、セレナ嬢の問題が全て解決して、セレナ嬢のケガが治ったときなら告白していいってことだな？」

エディが頷いたので、俺の心は固まった。

明日は、ファルトン伯爵家のパーティーに参加する日だ。そのときに、セレナ嬢の実家の問題を全て解決する。

明日に備えて今日は夜の訓練はしない。

俺とエディ、そして、俺が選んだ10人の護衛を部屋に集めて、テーブルの上に地図を広げた。

「ファルトン伯爵邸の地図だ。ただし、正確なものではない」

この地図は、王都でよくある建物の内部構造が書かれたものだった。叔父さんに聞いたら、だいたい王都で暮らす貴族の建物は、こんな造りになっているらしい。

どうしてかというと、王族でもないのに王都内に華美な建物を造らせないための法律があることが原因だそうだ。

不用心だと思うが、そもそも王都はバルゴア領と違って平和なのかもしれない。そのおかげで俺たちもやりやすい。

俺は選んだ10人の護衛を見回した。ここにいる護衛たちは、騎士になりたくてもなれなかった者ばかりだ。

王都では、腕が立つのに貴族の後ろ盾を得られず騎士になれない者が多いようだ。そんな者たちは、貴族の邸宅の護衛として雇われてくすぶっている。

王都の騎士団が弱い理由は、これが原因だなとしみじみ思う。

「本来なら騎士でないお前たちは、雇われている貴族の邸宅以外に入れない。だから、お前たちを一時的にバルゴアの騎士に任命する」

俺は辺境伯の父から、バルゴア領の騎士を任命する権限を譲渡されている。だから、俺がバルゴアの騎士だと認めた者は、試験を受けなくてもバルゴアの騎士を名乗れる。もちろん、そんな不公平なことは今までしたことがなく今回は例外だ。

「働き方次第では、希望者はバルゴアの正式な騎士になれる」

ギラリと護衛たちの目が光った。

「ファルトン伯爵邸は、ターチェ伯爵邸の半分の広さもない。護衛もここほど多く雇っていない」

俺は門がある場所を指さした。

「正門に2人、使用人が出入りするための裏口に2人待機しろ。俺とセレナ嬢がファルトン伯爵邸から出るまで、決して誰も外に出すな」

護衛たちは静かに頷いている。

「邸宅内の者から文句が出ると思うが、全て無視しろ。話が通じる相手だと思わせるな。相手が暴力を振るおうとしたら取り押さえろ。説明はしなくていい」

話が通じない相手に、人は諦めや恐怖を覚えやすい。

「あとの6人は、俺と一緒にファルトン伯爵邸の中に入れ。エントランスホールに1人待機。パーティー会場の入り口に1人待機。厨房《ちゅうぼう》の入り口に1人待機。人の動きを観察しろ」

「残りの3人は、パーティー会場内に待機。おかしな動きをしている者がいないか見張れ。待機後は、俺の指示を待て」

俺はエディを振り返った。

「エディは伝令係だ。俺の指示をみんなに伝えてくれ」

「分かった。リオ、一ついいか?」

「なんだ?」

「王都には女性騎士がいない。セレナ嬢を守れる者がいない」

「俺が……」

守るという前に、エディに「まさかトイレにまでついていく気か?」と言われて俺は黙った。

「ファルトン邸は、セレナ様にとっては敵地だ。何が起こるか分からない。念のために護衛をつけたほうがいい」

エディが手招きすると、部屋にコニーが入ってきた。メイド服から動きやすい服装に着替えている。

「セレナ様にはコニーをつける。コニーをリオの権限で一時的にセレナ様の護衛に任命してくれ」

「分かった」

俺はコニーを見ると「コニーを一時的にバルゴア騎士として認め、セレナ嬢の護衛騎士に任命する」と伝えた。

「最後に、これは殲滅戦《せんめつせん》ではない。ファルトン邸で何が起こっているのか調べ、犯罪が行われていれば、その証拠を集めるのが目的だ。決して死傷者を出すな」

シンッと辺りが静まり返った。エディの咳《せき》払いが聞こえる。

「リオ、安心しろ。誰も殲滅戦だなんて思ってない」

「そうか？」

バルゴアではけっこう重要な指示なのに王都では必要ないようだ。バルゴアでは、相手が獣や盗賊の場合は、全て倒すのか捕えるのかなど、細かな指示が必要になってくる。

会議が終わると早めに解散した。各自、それぞれの夜を過ごす。

俺は一人、夜の庭園へと向かった。ターチェ家の護衛が巡回しているものの、庭園内に明かりはない。

明かりがついた2階の窓を見上げた。あの部屋でセレナ嬢が暮らしている。

なんとなく見つめていると、窓が開いてセレナ嬢がバルコニーに出てきた。

寝る前なのか、薄着のセレナ嬢は夜空を見上げながらハァとため息をつく。こちらには気がついていいない。

その表情は不安そうだった。

すぐにでも『心配しないで、大丈夫ですよ』と言ってあげたいけど、今の俺にはそうすることは許されていない。

セレナ嬢への気持ちにようやく気がつけた俺は、ケガをさせてしまったからとか、そういうのではなく、セレナ嬢の側にいられる正当な権利が欲しくなった。

護衛たちには『殲滅戦ではない』と伝えた。でも、ファルトン家の当主やその後妻たちは、セレナ嬢を冷遇して長く苦しめていた。俺の気持ち的には殲滅してやりたい。

ファルトン伯爵家の連中は、自分たちが行ってきたことの罰を受けるときがきた。

第五章　準備は完璧

私は朝から落ち着かなかった。

今日は、いよいよ、ファルトン伯爵家のパーティーに参加する日だったから。

いつもは静かなターチェ伯爵邸内もどこか騒がしい。

ターチェ伯爵夫人には、朝一で医師の診察を受けるように言われていた。

わざわざ王宮医を呼んでくれたようで、私の部屋に現れた医師は、夜会で私を診察した医師と同じだった。

私の肩の包帯を解いた王宮医は「肩の打撲は完治していますね」と言い、次は手の包帯を解いていく。

「添え木はズレていませんね。腫れも引いています。痛みはありますか？」

「ありません」

「それはよかったです。順調に回復していますね」

無理をすれば後遺症が残るかもしれないと言われていたので、私はホッと胸を撫で下ろした。

「今日、パーティーに参加されるとか？」と尋ねられた私が「はい」と答えると、王宮医は私の腕にまた包帯を巻いた。

「ドレスには合いませんが、引き続き包帯と添え木は取らず、決して動かさないでください。完治するには、あと3週間はかかりますから」

「分かりました」

診察を終えた王宮医はニコリと微笑む。

「以前お会いしたときより、顔色がよくて安心しました。健康的な生活をされているようですね」

たしかにターチェ家に来てから、毎日美味しいものを食べてぐっすり眠っているので、前よりずっと健康的だった。

今になって思えばファルトン家での生活はあり得ない。

「先生、実はお願いがあるのですが……」

私は肩のケガをした経緯を王宮医に説明した。

異母妹マリンに花瓶をぶつけられてできたケガだと伝えると、王宮医は驚く。

「ファルトン家では、父や継母、マリンの言うことを聞かないと食事を抜かれました。私はあの家から出たいんです。だから、肩のケガの診断書を書いていただけませんか？」

これが役に立つのかは分からない。でも、私があの家と縁を切るために、ひどい目にあわされていた証拠が一つでも多く欲しい。

王宮医は「分かりました。肩のケガの診断書を書きます。そして、あなたが栄養失調に近い状態だったことも明記しておきます」と約束してくれた。

「ありがとうございます！」

王宮医が帰ると、入れ替わりにターチェ家のメイドたちが部屋に入ってきた。メイドたちはみんな、なぜかやる気に満ち溢れている。

「セレナお嬢様、パーティーの準備を始めさせていただきます！」

「え？　パーティーは夜からよ」

窓からは朝日が差し込んでいる。

「お嬢様は、おケガをされているので慎重に準備をする必要があります」

「そうなのね？」

「あ、あと、私たち、あまり経験がないので……でも、一生懸命頑張ります！」

メイドたちの瞳は、キラキラと輝いていた。

そういえば、ターチェ伯爵夫人に「経験豊富なメイドに替えるわね」と言われたときに「そのままでいいです」って言ったっけ。

よく分からないけど、メイドたちは「バラのオイルでマッサージをしましょう」とか「お顔にも最新のパックを」とか「このお粉には、砕いた真珠が入っていて……」などと言いながら盛り上がっている。

今まで夜会に行くときは、派手なドレスを着せられて、無理やり濃いメイクをされるだけだった。こんなに張り切って準備をしたことがない。

戸惑いはあったけど、メイドたちがとても楽しそうなので、私は大人しく彼女たちに身を任せた。

ふかふかの椅子に座ると頭から足のつま先までマッサージをされて、なんやかんやとよい香りの物を肌に塗られては拭き取られて。

そのあまりの心地よさに、私は途中から夢見心地になっていた。

ああ、天に召されるってこんな感じかしら？　こんな贅沢を覚えたら、もうダメになってしまう……。

うーんうーんと、葛藤《かっとう》しているうちに私は眠ってしまっていた。遠慮がちに声をかけられて目が覚める。

「できましたよ、セレナお嬢様」

「……ん？」

寝ぼけ眼《まなこ》で全身鏡を見ると、ツヤツヤになった私がそこにいた。

肌は白く輝いているように見えるし、髪なんてサラサラすぎて少しも重さを感じない。これは私だけど私じゃないわ。あえて言うなら、最大限に磨かれた奇跡の私。

「すごいわ、ありがとう」

メイドたちは、嬉しそうに小さく飛び跳ねたり、微笑み合ったりしながら喜んでいる。

マッサージやお手入れが終わっただけで、もうお昼の時間になっていた。食事をとってしばらく休憩したあと、髪のセットとドレスの着用を開始する。

ターチェ伯爵夫人が選んでくれたのは、私が大好きな水色のドレスだった。オーレリアお嬢様のものなので、サイズが合わなかったけど、メイド長がうまく調節してくれている。

ドレスは身体に沿うような作りなのに、決して下品には見えない。胸元は透け感の生地で作られていて大人っぽい。袖はなく首で止めるタイプのドレスだったので、右手首をケガしていても無理なく着ることができた。

素敵なドレスに合うように、メイドが髪を綺麗に結《ゆ》い上げてくれた。仕上げにと飾られた髪飾りはまるで宝石の花を散らしたようにキラキラと輝いている。

一日がかりでメイドたちは、私をお姫様に作り上げてくれた。

「ありがとう。魔法をかけてもらったみたい」

感謝の言葉を伝えると、メイドたちは満面の笑みで「いってらっしゃいませ、セレナお嬢様」

と送り出してくれる。

全ての準備を終えた私は、リオ様が待つエントランスホールに降りていった。

そこには、正装したリオ様が立っていた。以前夜会で見た全身黒ではなく、今日のリオ様は白い衣装を身にまとっている。

スカーフやカフスボタンなど、ところどころに水色が取り入れられていた。私が着ているドレスも水色なわけで……。

今気がついたけど、私が身に着けているアクセサリーは紫色で統一されていた。紫色は、リオ様の瞳の色。

私とリオ様が並ぶと、まるで愛し合っている2人が相手のことを思って衣装を特注したように見えてしまう。

「これって……」

ターチェ伯爵夫人は、何を思って準備してくれたのかしら？

見送りに来てくれた伯爵夫人は「セレナさんを見たときのファルトン家の反応が楽しみだわ。ふっふっふ」と悪そうな顔をしている。その隣で、ターチェ伯爵は「なんだか、2人はお似合いだねぇ」なんて呑気《のんき》なことを言っていた。

なるほど、私とリオ様を仲よさそうに見せてマリンにショックを与えようという作戦なのね。

リオ様は、いつも以上にボーッとしていた。私がリオ様の顔の前で手を振ると、ハッと我に返る。

「セレナ嬢、すごくお美しいです！」

真っ赤な顔で褒めてくれるリオ様を見て、私の特訓の成果が出ているわと嬉しくなる。

「リオ様もとても素敵です」

お世辞ではなく、正装のリオ様は魅力的だった。

リオ様は、ぎこちなく私の左手を取ると、手の甲に口づけをするふりをした。そして、馬車まできちんとエスコートしてくれる。

「うん、完璧ですね」

馬車に乗り込んだ私がリオ様に微笑みかけると、リオ様の顔がさらに赤く染まった。エスコートは完璧でも、女性への苦手意識はまだなくなってないみたい。

「リオ様、今日はよろしくお願いします。どうか、私の祖父と母の死の真相を……」

私の言葉を聞いて、リオ様は何かを振り切るように頭を振ったあとに「はい」と硬い返事をした。

「必ず」

リオ様の側にいると不思議と安心してしまう。昨晩はあんなにも不安だったのに。

ファルトン伯爵家へ向かう馬車の中は、予想外に穏やかだった。

◆◇◆◇◆

【マリン視点】


今日の私は朝から機嫌が悪かった。

だって、お父様が私に『リオ様が来たらマリンが出迎えなさい』なんて言うから。

出迎えなんて使用人がやることでしょう？

どうして私がしないといけないの？

お父様は私がリオ様と再会できるようにパーティーを開いてくれた。

身内だけの小さなパーティー。

そこでなら、他の人に邪魔されずにリオ様とお話ができるからって。

リオ様はパーティーに参加すると手紙でお返事をくれたものの、私のことについて何も書いていなかった。

他の貴族男性のように、私のことを褒めてくれたり、ドレスやアクセサリーをプレゼントしたりしてくれない。

お金持ちのはずなのに、なんだかケチくさい。

顔もパッとしないし……。

一番引っかかるのは、セレナお姉様なんかに優しくしていたところ。

リオ様は本当に女性を見る目がない。

「でもまぁ、それは田舎から出てきたから仕方ないかぁ」

田舎者だから、お姉様なんかに騙されるのよね。

でも、もうお姉様はいない。

お姉様の貧乏くさい平民メイドに毒薬を渡して、こっそり食事に混ぜさせたから。死んだって話はまだ聞かないわね。今ごろ体を壊して動けなくなっているのかも？

そう考えると、私は少しだけ気分がよくなった。

いじわるなお姉様のせいで、私がリオ様に誤解されて悪く思われている。お姉様がいなくなったら、あとはリオ様の誤解を解くだけ。

誤解が解けたらリオ様は、お姉様にしていたように私をお姫様扱いしてくれるよね？　そうしてくれたら、あの顔でも許してあげる。

私の部屋の扉がノックされたあとに、私の専属メイドが入ってきた。

「マリンお嬢様、ターチェ伯爵家の馬車が到着しました」

「えー、本当に私が出迎えないとダメなの？」

「はい、ファルトン伯爵様のご指示ですので……」

「はぁ」

私は嫌々立ち上がると、ゆっくりと部屋から出てエントランスホールに続く階段を下りていった。

エントランスホールでは、リオ様を出迎えるためにメイドたちが左右に分かれて並び道を作っている。

これだけいるなら私なんていらないじゃない。

あ、でも、リオ様もメイドに出迎えられるより、可愛い私に出迎えられたほうが嬉しいかも？

そういうことなら仕方ないわね。特別に最高の笑顔で迎えてあげるわ。

私が笑みを浮かべたそのとき、エントランスホールの扉が開かれた。扉の先には、一組の男女が立っている。

男性のほうは、もちろんリオ様。でも、その隣にいる女は誰？

招待されたパーティーに勝手に別の女を連れてくるなんて、社交界のルールすら知らないのね。本当に田舎者って最低！

やっぱりお父様に、リオ様と結婚するのは嫌だって言おうかしら？

そのとき、私の後ろに控えていた専属メイドが「セ、セレナお嬢様？」と呟いた。

「はぁ？　どこにお姉様が……」

私はハッとなり、リオ様の隣の女を見た。

綺麗に結い上げられた白っぽい金髪に、高そうな水色のドレス。一見どこかのお姫様のように見えたけど、言われてみれば、その顔はたしかにセレナお姉様だった。

リオ様は、右腕をケガしているお姉様をいたわるように丁寧にエスコートしている。

よく見れば、２人の衣装はお揃いで作られたものだった。そんなことをするのは、とても仲のよい婚約者か夫婦くらいよ。ということは、リオ様とセレナお姉様の仲がいいということで……。

「そんなのウソよ！」

だって、お姉様は今ごろ体を壊して寝込んでいるはずなのに！

あっそっか、あの平民メイドが失敗したのね？

頭が悪そうだと思ったけど、こんな簡単なこともできないなんて！

……まさか、私が薬を渡したこと、リオ様にバレてないよね？

まぁ、バレていたらわざわざ、お姉様を連れてこんなところまで来ないか。

こっそりリオ様を見ると、リオ様はお姉様しか見ていなかった。その眼差《まなざ》しはとても温かい。

そういう風に見つめられて大切にされるなら、リオ様でも悪くない。

私は笑みを浮かべてリオ様に駆け寄った。

「ようこそお越しくださいました」

可愛らしく挨拶をしてあげたのに、リオ様からは返事がない。代わりになぜかお姉様が口を開く。

「久しぶり、マリン」

その笑みは余裕ぶっていて、まるで私を見下しているよう。

お姉様のクセに。

ケガをしてリオ様に優しくしてもらっているうちに調子に乗ったみたい。

どうせケガが治ったら見向きもされないのにね。

さっさとリオ様から引き離して、パーティーの間、どこかに閉じ込めておかないと。

リオ様が帰ったら、お父様にまた食事を抜かれるわよ？　可哀想なお姉様。

お姉様が「マリン、案内してくれる？」といじわるを言ってきた。

私の代わりに他のメイドが慌てて２人をパーティー会場となるホールに案内する。案内されるリオ様のあとに数人の騎士が続いた。

パーティーに騎士をたくさん連れてくるなんて王都ではあり得ないわ。でも、ああやってたくさんの騎士を従えるのは気持ちがよさそう。

やっぱり、リオ様って素敵かも。

2人の姿が見えなくなった途端に、なぜかメイドたちが騒ぎ出した。

「バルゴア令息がセレナをエスコートしてたわよ⁉」

「バカ、お嬢様をつけないと！ 見たでしょ⁉ セレナお嬢様はバルゴアに選ばれたのよ！」

メイドたちの顔は青ざめていく。

「ど、どうするの⁉ 今までのことを告げ口されたら⁉ 私たち、こ、殺されないわよね？」

「今までって何よ？ 私たちは何もしていないじゃない！」

「でも、ちゃんとお仕えしないで、みんなセレナお嬢様をバカにして、陰で悪口言ってたじゃない！」

「そ、そんなことしていないわよ！ それにセレナお嬢様に一番ひどいことをしていたのは……」

メイドたちの視線が一斉に私に向けられた。

「なぁに？」

私が睨みつけると、メイドたちはサッと視線をそらす。

「バカじゃないの？　お姉様がリオ様に選ばれるわけ……」

エントランスホールに駆け込んできたメイドが、「裏口がバルゴアの騎士に封鎖されているわ！」と叫んだ。

「正門にも騎士が立っている……私たち、閉じ込められたの⁉」

「しっ、声が大きいわ！　そこにも騎士が一人いるのよ！」

「こ、これから何が起こるの？」

ガタガタと震えるメイドたちを見て、私は心底呆れてしまった。

「どうして、怯《おび》える必要があるのよ？」

だって相手はお姉様よ？

当主のお父様に嫌われて、社交界では毒婦なんて呼ばれて。

私の役に立つ以外、なんの価値もないじゃない。

そんな女、誰も選ばないわよ。今のリオ様は、お姉様に騙されているだけ。

私は鼻で笑うとエントランスホールをあとにした。私の後ろをついてくる専属メイドに耳打ちをする。

「私の護衛騎士を呼んで」

しばらくすると、護衛騎士が私の元に駆け寄ってきた。

いつも通り、私に仕えることを最高の幸せだと思っている顔をしている。そんな護衛騎士の耳元で、私は可愛いお願いをした。

「セレナお姉様の顔に大きな傷をつけて」

「え⁉」

私が祈るようなポーズをしながら、ジッと護衛騎士を見つめていると、護衛騎士は硬い表情で「必ず」と頷いてくれた。

覚悟を決めたように護衛騎士は去っていった。その後ろ姿を見送った私は、我慢できず吹き出してしまう。

「ふふっ、ありがとう」

バルゴアの騎士がいるから、今、そんなことをしたら、あなたは捕まっちゃうだろうけど、大好きな私のために死ねるなら本望でしょう。

捕まっても私への愛を貫いて、私のことは黙っていてね。

それに、私がバルゴアに嫁いだらもっと優秀な騎士がたくさんいるから、あなたはもういらないの。

お姉様の顔に醜い傷ができたら、さすがにリオ様も目が覚めるでしょう。

私は足取り軽くパーティー会場へと向かった。

ターチェ伯爵夫人の企みは大成功で、リオ様とお揃いで作ったかのような衣装の効果はすごかった。

リオ様もケガをした私を気遣って丁寧にエスコートしてくれている。傍目には、私がリオ様の大切な人に見えたに違いない。

ファルトン伯爵家のメイドたちは青ざめ、マリンは憎しみを込めた目で私を睨みつけていた。

マリンのこの顔をターチェ伯爵夫人が見たら、きっと大喜びしたわね。

パーティーは、ファルトン伯爵邸のホールで開かれるようだった。

私がこの家に住んでいたときは、マリンの誕生日パーティーなどで使われていたけど、私は一度も参加を許されなかった。

母が亡くなってからは、この家によい思い出がない。

隣を歩くリオ様が、そっと私の耳元でささやいた。

「メイドたちの様子を見る限り、あなたがこの家でひどい目にあわされていたことは、簡単に証明できそうですね」

「そうですね……」

それは、この家に住んでいる者なら、誰もが知っていることだから。

「問題は――」

父が本当に祖父と母に毒を盛って殺したのか？

リオ様は、一体どうやってそのことを調べるつもりなのかしら？

ファルトン伯爵邸に向かう馬車の中で、私はリオ様に「セレナ嬢はいつも通りにしてください」と言われた。

「いつも通りと言われましても……」

私が困っていると、リオ様はニッコリと微笑む。

「大丈夫ですよ。あなたには護衛をつけます。今日はコニーも一緒です」

リオ様が馬車の外を指さすと、フードを深くかぶった小柄な騎士が見えた。リオ様の護衛騎士エディ様と馬で相乗りをしている。

「あれがコニーです」

「え？」

「一時的にバルゴアの騎士に任命しました。女性しか入れない場所での護衛をしてくれます」

「コニーがですか？　危なくないですか？」

「もちろん、コニー以外の護衛もつきます。念には念を、です」

「そうではなくて……」

コニーが危ない目にあわないか心配だった。

でも、コニーは『バルゴアの騎士になりたい』と言っていた。私はコニーの夢を邪魔したくない。

「……分かりました」

リオ様とのそんなやりとりを思い出しながら、私はちらりと後ろに視線を送った。

そこには、数人の騎士に混じり、フードを深くかぶったコニーもいる。コニーはこの家で顔を知られているので、フードで顔を隠しているのね。

どうか何も起こりませんように。

パーティー会場にたどり着くと、そこには、私の父であるファルトン伯爵が待ち構えていた。

父の隣には、派手に着飾った継母の姿も見える。

それ以外の参加者はいないみたい。本当に身内だけの小さなパーティーなのね。

リオ様に気がついた父は、にこやかな笑みを浮かべたあとに、私を見て眉間にシワを寄せた。

「バルゴア辺境伯のご子息リオ様。ようこそお越しくださいました。……隣の方はどなたですかな？　招待していない者を連れてこられても困ります。それに、私の娘マリンが迎えに出たと思うのですが……」

まさかと思ったけど、父は私が分からないようだった。いくら磨き上げてもらったとはいえ、マリンやメイドですら私だと気がついたのに。

この人は本当に私に興味がないのね、と今さらながらに思った。

リオ様は気遣うように私の肩に手を添えると、父に向かって淡々と話す。

「こちらにいる方は、あなたの娘セレナ嬢です」

父と継母の目が大きく見開いた。信じられないといった様子で私を見ている。

「これがセレナ？　まさか」

そう言葉を漏らした継母に、私は「私が家に帰ってきては、いけませんでしたか？」と悲しそうな表情を浮かべる。

すぐにリオ様が「そうなのですか？」と、不審そうに聞いてくれた。

「そ、そんなことはないわよ！　ほ、ほほ」

扇を開いて顔を隠した継母は、扇の向こうできっと盛大に顔を歪《ゆが》めている。

か弱い演技ができるのはマリンだけじゃないのよ。今までずっとマリンの演技を見てきたから、私でも簡単に真似ができてしまう。

父は「……とりあえず、リオ様はこちらへ」と言いながら私を睨みつけた。

「セレナ、ちょっとこっちに来い！」

冷たい声に吐き捨てるような言い方。そういえばこの人、私に対しては、いつもこんな話し方をしていたわね。

ターチェ伯爵邸での生活が幸せすぎてすっかり忘れていた。すぐに言うことを聞かない私に苛立《いらだ》ったのか、父が私の腕を掴もうと近づいてくる。

それをかわすように、リオ様が私の肩を抱き寄せた。

「え？」

予想外の行動に驚いていると、リオ様が父を睨みつける。

「セレナ嬢を乱暴に扱うのはやめろ」

低く威圧感のある声。

リオ様のこんな怖い声、初めて聞いたわ。私の前では、いつもニコニコ優しいリオ様なのに、今は別人のように冷たい表情をしている。

リオ様の迫力にたじろいだ父は「いえ、そういうつもりでは」と言葉を濁した。

「じゃあ、どういうつもりなんだ？　あなたのもう一人の娘もケガをしたセレナ嬢に抱き着こうとしていたぞ。あなたたちはセレナ嬢への配慮が足りないのではないか？」

黙り込んだ父は、するどく私を睨みつけている。

その目は『お前のせいで、私が恥をかかされた』とでも言いたそうだ。

私は、父の、この冷たい目がずっと怖かった。

父の言うことを聞かないと食事を抜かれる。飢えは死に直結する恐怖で、逆らう気力さえ失ってしまう。

だから、今までずっと私は生き残るために父の言いなりだった。

でも、今は違う。

私のことを助けようとしてくれる人たちがいる。私の力になろうとしてくれる人たちがいる。

だから、私はもう、この目を恐れない。

目をそらさずにいると、先に目をそらしたのは父のほうだった。

「……とにかく、パーティーを始めましょう」

父が右手を上げると、パーティー会場に控えていた楽団が音楽を奏で始める。

飲み物を運んできた使用人を父は怒鳴りつけた。

「マリンは、どこだ!?」

客人の前であんな風に声を荒げるなんて。

今まで気がつかなかったけど、穏やかで品があるターチェ伯爵を見たあとだと、父の愚かさがよく分かる。

リオ様が私の手を取った。手の甲に口づけするふりをされる。

「!?」

驚く私に「俺と踊っていただけませんか？」と場違いな提案をした。少しためらってしまったけど、私は誘われるままにリオ様の手を取った。

「私、踊れませんよ？」

母が亡くなる前は淑女教育を受けていた。でも、もう長い間ダンスの練習をしていない。

「踊るふりで大丈夫です。セレナ嬢は適当に音楽に合わせてください。絶対にあなたのケガを悪化させません。俺、体を動かすことは得意ですから」

そう言ったリオ様は私を完璧にリードした。私が何度も足を踏みそうになるのに、素早く避けて踏ませなかった。

スローテンポの音楽に、ゆったりとしたダンスだったので、ケガした腕に負担を感じることもない。

そんな中、リオ様は私の耳元でささやいた。

「黒です」

一瞬、何を言われたのか分からなかった。

「……黒」

それって、もしかして、父が祖父と母に毒を盛ったことが分かったってこと？

「ど、どうして？」

分かったのですか？　という前にリオ様は「あなたに向けられる悪意が殺意です」と教えてくれた。

父が私を殺したいくらい憎んでいる。その事実に私は予想外に傷ついた。

心のどこかで『父が毒を盛っていなければいい』と思っていた自分に気がつき呆れてしまう。

父は、よく私の母を『あの女』呼ばわりしていた。私以上に母を憎んでいた。そして、母と結婚させた祖父のことも。

「そう……そういうことなのですね……」

私の祖父と母を殺した殺人犯が今、目の前にいる。なんとかして、この殺人犯の罪を暴いて、祖父と母の敵《かたき》を取りたい。

「リオ様、証拠を探しましょう。毒さえ見つければ……」

「いえ、もし毒を見つけたとしても、それをあなたの祖父と母に使ったという証明はできません」

「では、どうしたら？　あっ」

ダンスのステップを間違えて体勢を崩しそうになった私を、リオ様がしっかりと支えてフォローしてくれる。

「毒を盛った実行犯を捕えられたら一番よいのですが、それも難しい。だから、現行犯で捕えましょう」

「現行犯？」

「そうです。今、ここで毒を使わせましょう。暗殺者が使う無味無臭の毒は、銀食器に反応します。でも、それ以外は必ず何かしらの匂いがします。今のところ、無味無臭で銀食器に反応しない毒が存在するという報告は、バルゴアには入ってきていません」

そういうリオ様は、ニコニコしていた。だから、側から見れば、私たちは楽しそうにダンスを踊っているようにしか見えない。

「匂いがあれば、飲む前に俺が気がつきます。問題は、どうすれば相手が毒を使うかですが……」

「それなら私によい方法があります」

あの父のことだから、マリンをリオ様と結婚させるために、このパーティーを開いたに違いない。

だったら、私とリオ様で仲がよいふりをして存分に見せつけたらいい。

そうすれば、私のことを邪魔に思い強硬手段を取るかもしれない。

曲が終わった。ダンスを終えた私は、わざとらしくリオ様にしなだれかかった。

驚くリオ様に、私は微笑みかける。

「私の演技に合わせてくださいね、リオ様」

大丈夫。父は私の演技に騙されるわ。

だって、私、男性をたぶらかしていそうな悪女や毒婦を演じるのが得意なんだもの。マリンに無理やりやらされていたことが、まさか役に立つ日が来るなんて思わなかった。

私は、リオ様との仲を見せつけるために、とりあえず、甘えているふりをしようと思った。

正直に言うと甘え方なんて分からない。でも、マリンは甘え上手だから、マリンっぽいことをしておけばいいわよね？

「リオ様ぁ」

ぴったりとくっつきながら、私が背の高いリオ様を見上げると、リオ様は、手で口元を押さえながら、顔を思いっきり背けていた。

顔は見えないけど、耳も首も真っ赤に染まっている。

「え？」

こんなの、空気を読むのがうまくなくても分かる。

「も、もしかして、照れてます？」

コクリと頷くリオ様。

「これは演技ですよ？」

「わ、分かっているんですが。……俺、演技はできそうにないです」

「でも、さっきはダンスしながら楽しそうに、笑っていたじゃないですか」

物騒な話をしながら、ニコニコと楽しそうにしていたリオ様なら演技ができると思う。

「あれは、あなたと踊るのが楽しかっただけです」

「ええっ!?」

ダンスを終えた私たちを、父と継母が睨みつけている。私たちがダンスを踊っている間にマリンも来たようで、不機嫌そうな顔を隠そうともしていない。

リオ様に演技は期待できない。

だったら、もう私が一人でやるしかないわ。

なんとか父に冷静さを失わせて、この場で毒を使いたくなるような状況を作らないと。

私は意地の悪そうに見える笑みをマリンに向けた。鏡の前で一生懸命練習したので、この笑みには自信がある。

「マリン、せっかく出迎えてくれたのに、一人で戻らせてごめんね？　リオ様が私から離れたくないって言うから……」

私が困ったようにため息をつくと、マリンは醜く顔を歪めた。でも、すぐに表情を戻し、フッと鼻で笑う。

「気にしないで、お姉様。だって、お姉様はケガをされているんだもの。ケガ人を優先するのは当たり前だわ」

なるほど、『あんたがリオ様に優先されているのはケガのせいよ』と言いたいのね。

私はクスッと笑うと、いつも夜会でマリンに言うように指示されていた言葉を言ってあげた。

「なーに？　愛人の子の分際で生意気ね！」

途端に父の目に殺気がこもる。

「貴様、今なんて言った⁉」

私に掴みかかろうとした父の右腕を、リオ様が素早く掴んだ。

今、絶対、父に殴られると思った。恐怖で鼓動が早くなっている。でも、リオ様が助けてくれた。

そっか、リオ様は演技ができなくても、私の味方でいてくれるのね。そのことがとても心強い。

「ファルトン伯爵。今、セレナ嬢に何をしようとした？」

リオ様の紫色の瞳が、怖いくらい殺気を放っている。

「躾です！　セレナが無礼な発言をしたので！」

「無礼な発言？　ただの事実だろう」

父は「ぐっ」と言葉につまった。リオ様が掴んでいた腕を離すと、父がよろめいたので継母が慌てて支える。

何か言おうとした継母を父が制した。

「リオ様、私たちの間には、何か誤解があるようです」

そう言いながら私を睨みつける父は、私がリオ様にいろいろ吹き込んだと思っているのでしょうね。でも、私は事実しか伝えていない。

「奥の部屋に、晩餐《ばんさん》の準備をしてあります。食事をしながら誤解を解きましょう。どうぞ、こちらへ」

父に案内され、私たちは晩餐の席についた。

「セレナ、お前は部屋に戻っていなさい」

冷たい父の言葉を無視して、リオ様が隣の席に私を座らせてくれる。

咳払いする父。

「そこは、マリンのために準備した席です」

「そうですか。では、マリン嬢には別の席に座ってもらいましょう」

父も継母もマリンも、怒りを抑え込むのに必死なように見えた。でも、リオ様には何も言えない。王国一の軍事力を持つバルゴアを、敵に回すわけにはいかないから。

そんなリオ様が、私の味方になってくれているなんて……なんだか不思議な気分。

でも、文句が言えない相手に対して好き勝手するのは、たとえ相手が誰でも、あまりよい気がしない。

だからこそ、それをずっと私にやってきたこの人たちの心は歪んでいる。

父が片手を上げると、初老の執事がすぐに寄ってきた。何か指示を受けて去っていく。

もしかして、毒を入れるように指示したの⁉

私がリオ様を見ると、リオ様もそう思っていたのか、視線をエディ様に送っていた。エディ様は小さく頷くと、パーティー会場内で控えていた護衛騎士に指示を出す。指示を受けた護衛は、静かに執事のあとをつけていった。

もし、これで毒を使うところを押さえられたら、全てが解決する。

緊張でドキドキしている私の前に、スープが運ばれてきた。

リオ様が運ばれてきたスープの香りを嗅いで、さりげなく毒が入っていないか確認してくれる。

「よい香りですね」

毒は入っていないみたい。その証拠にリオ様は、ニコリと微笑みかけてくれた。

前菜、メインの肉料理と順番に運ばれてきたけど、毒は入っていなかった。やっぱり、こんなところで毒を使わせるなんて無理なのかしら？

だとしたら、どうすれば……。

「セレナお嬢様、ワインはいかがですか？」

初老の執事の声で私は我に返った。この執事は、先ほど父に何かを命令されていた執事だ。なんだか顔色が悪い。

「……いただくわ」

丁寧な仕草でワインを注いで、私の前にグラスを置く。他の人には、もうワインが注がれたあとだった。

父が「では、乾杯」とグラスを掲げる。

私はグラスに口をつけずに、リオ様に差し出した。

「リオ様、ワインはお好きですか？」

グラスに顔を近づけたリオ様は「はい」と頷く。そして、そっと私からグラスを受け取った。

父が「セレナ、無礼にもほどがあるぞ！」と焦るように声を荒げている。

ワインの香りを嗅いだリオ様は、一気にワインを飲み干した。

えっ！　そのワイン、大丈夫なの⁉

焦る私以上に、父が焦っている。

リオ様は「美味しいです」とニッコリ微笑んだ。ホッと胸を撫で下ろすと、私の前の席に座っていた継母が「うっ」とえずいた。継母の顔は真っ青で、両手が小刻みに震えている。

「どうした⁉」

驚く父に、継母は信じられないといったような顔を向けた。

「あ、あなた……もしかして、私に？」

「ち、違う！　これは何かの間違いだ！」

「うえっ！」

「きゃあ⁉　お母様！」

継母は、口元を押さえるとその場に崩れ落ちた。吐き気を抑えきれないといった様子だ。

「な、なぜだ⁉」

動揺する父に、リオ様は静かに語りかけた。

「落ち着いてください、伯爵。その毒は少量飲んだくらいでは、すぐに死に至るものではないのでしょう？」

「なっ⁉」

見ると、ワインを注いでいた初老の執事は、バルゴアの騎士に取り押さえられている。

「話が違う！　あなたたちの言う通りにしたら、私だけは見逃してくれると！」

ああ、なるほど。毒を盛ろうとした執事を、現行犯で捕まえて裏で取引したのね。

そして、私じゃなくて継母のほうに、毒入りワインを飲ませるように仕向けた。ワインは、みんな同じものを注がれたから、毒はグラスに塗られていたのかもしれない。

リオ様は、自分に配られたワインの香りを嗅いでいた。

「俺のは、嗅いだことがある匂いだ。これは睡眠薬だな」

「リオ様のものにまで!?」

席から立ち上がったリオ様は、驚く私をエスコートして立たせてくれる。

「ファルトン伯爵。セレナ嬢に毒を盛ろうとした罪、そして、俺に睡眠薬を盛ろうとした罪。どう償うつもりだ？」

その声はどこまでも冷酷で、瞳は怒りで燃え上がっていた。

父は、大きなため息をついたあと、ニヤリと口端を上げる。

「リオ様、急に毒だと言われても私には、なんのことだか分かりません。まさか、その執事の証言だけを信じるつもりですか？」

「そんなっ、旦那様!?」

このままだと父は、執事に全ての罪をかぶせて逃げてしまうのでは？

不安になった私がリオ様を見上げると、リオ様は「大丈夫ですよ。想定通りです」と私の耳元でささやいた。

「セレナ嬢。捕えられた敵兵たちの将が、自分だけ助かるために配下に罪をなすりつけて見捨てると、どうなると思います？」

「わ、分かりません」

「多くは、だったら自分も助かりたいと、壮絶な罪のなすりつけ合い、足の引っ張り合いになるんですよ」

「は、はぁ？」

「この邸宅内から逃げ場をなくし、同じような環境を作ったので、おそらく今からそれが始まるでしょう」

私は、リオ様の言っていることが、少しも理解できなかった。

第六章　それぞれの罪

【ファルトン伯爵視点】

マリンとバルゴア令息の出会いを演出するためにパーティーを開いたら、あの忌々《いまいま》しい女の娘セレナが私の前に現れた。

一体どんな手を使ったのか、バルゴア令息をすっかり手懐けている。さすがあの女の娘なだけあり、高位貴族の男に媚《こ》びるのは得意なようだ。

このままでは、マリンとバルゴア令息との結婚を実現できない。

あの女は死んでもなお、私の幸せを邪魔するのだな。

我がファルトン伯爵家の爵位目当てに嫁いできた心が醜い女。あの女さえいなければ、と何度思ったことか。

バルゴア令息とセレナを引き離したかったが、整えた晩餐の席でもバルゴア令息はセレナを隣に座らせた。

バルゴア令息に媚びを売っている浅ましいセレナを、このままにしておけない。

なんとかしなければ……。

私は執事を呼ぶと毒をセレナのワインに入れるように指示した。この執事は、元はただの下働きだったが、父とあの女を殺すときに協力してくれたので、今の地位にまで引き上げてやった。その恩を忘れてはいないだろう。

執事は、私から毒を仕舞っている小箱のカギを受け取ると、「承知しました」と微笑み去っていく。

あの毒を少し飲んだくらいでは死ぬことはない。しかし、吐き気をもよおし体調が悪くなる。体調を崩したセレナが、バルゴア令息から離れたら、いつものように別邸に閉じ込めてしまえばいい。

バルゴア令息のワインには、睡眠薬を仕込んだ。これを飲んで眠ったところを、マリンに介抱させる計画だ。バルゴア令息の失態で、未婚の男女が一晩同じ部屋で過ごしたという事実ができれば、結婚まで強引に持っていくことができる。

しかし、どういうわけか、セレナに毒を盛ろうとしたこと、そして、バルゴア令息に睡眠薬を盛ろうとしたことが見破られてしまった。だが、それがどうした。

私が指示を出したことを知っているのは、捕えられている執事だけだ。

この執事に全ての罪をかぶせて殺してしまえばいい。毒薬を手に入れるために、裏社会の奴らと繋がった。その繋がりは今も途絶えていない。だから、金さえ払えば人を消す手段はいくらでもある。

たとえバルゴア令息でも、執事だけの証言で、私を罰することはできない。だから、ここは『私は何も知らない』を押し通せばいいだけだ。

私の側で愛する妻が苦しそうにしている。すぐにでも解毒剤を飲ませてやりたいが、今はできない。

私が今、解毒剤を妻に使えば、セレナに毒を盛ろうとしたのが私だと自白するようなものだ。

「あ、あなた……」

涙を浮かべる妻を助けることができず苦しい。

少しの間、我慢してくれ。

そんな私の心を読んだかのように、バルゴア令息が「ファルトン伯爵。解毒剤は持っていないのか？」と聞いた。

「そんなものはありません！　毒だって持っていないのですから！」

「それは困ったな。実は私の部下が手違いで、毒ビンの中身を夫人のワインに全て入れてしまったらしい」

それはウソだ。毒ビンの中身を全て入れてしまったら、吐き気ぐらいでは済まない。私は騙されないぞ。

しかし、妻の顔からサァと血の気が引いていった。

「あ、あなた……！　は、早く解毒剤を！　死にたくない！」

「大丈夫だ、我慢しろ！」

「我慢⁉　我慢ってなんですか？　毒を盛られたのに⁉」

涙を流す妻の瞳は、どんどん吊り上がっていく。

「まさか、まさか、今度は……私を？」

妻は、私の足にすがりついた。

「そうなのですね⁉　今度は私を殺そうと？　うっ！　はぁ、はぁ……あ、あの女を殺したときのように、今度は私を！」

「黙れ！　バカなことを言うなっ！」

錯乱している妻を振り払うと、妻は床に倒れ込んだ。

「お母様！」

マリンが妻に駆け寄っていく。

「お、お父様、どうして……？」

その瞳には、私に対する怯えが見えた。

どうしてそんな目で私を見るんだ⁉　これは全て愛するお前たちを幸せにするためにやっていることなのに！

妻は「いやぁ、死にたくない！」と叫び、私を指差した。

「この男よ！　セレナに毒を盛ろうとしたのは、この男！　早く捕まえて、お願いだから私に解毒剤を！」

「なっ⁉」

愛する妻の裏切りが信じられない。

バルゴアの騎士に捕えられている執事も私を睨みつけた。

「そうです！　全てはこの男の指示でやったことです！　私はどうしても断ることができず！ですから、私は無実です！」

私たちを遠巻きに囲んでいたメイドたちが床に膝をつく。

「も、申し訳ありません！　旦那様の指示で、セレナお嬢様につらく当たっておりました！逆らえなかったんです！　どうかお慈悲を……」

一体何が起こっているのだ？

今まで喜んで私に従っていた者たちが、一斉に手のひらを返した。

バルゴア令息の淡々とした声が聞こえる。

「病死したとされているセレナ嬢の母と祖父の本当の死因を証言した者だけを減刑する」

シンッと辺りが静まり返った。

まさか、過去の毒殺もバレているのか？

いや、証拠があるなら、バルゴア令息がわざわざこんなことを言う必要はない。

疑われてはいるが、証拠はないのだ。

あの当時の使用人たちは、執事以外全て解雇した。だから、それを証言できる者は、この場には執事しかいない。しかし、執事は共犯。自分の罪が明らかになるのを恐れて証言できないだろう。

だから、私も黙っていればいい。

それだけでこの危機を逃れられるし、この場さえ取り繕《つくろ》えば、解決方法はいくらでもある。

静まり返った中、口を開いたのは私の宝物である娘マリンだった。

「お父様……」

その瞳は不安そうに揺れている。

ああ、マリン、お前だけは私を心配してくれているんだね。

それはそうだろう。お前には愛情を注いで、大金を使って今まで育ててやったのだから。しかし、マリンは天使のような笑みを浮かべて自慢気にこう言った。

「私、証明できるわ。お父様から直接聞いたから。毒を隠している場所も知っている。早く、お父様を捕まえて！　もちろん私は無関係よ」

マリンのあとに妻が続く。

「そうよ！　セレナの母を殺したのも、前ファルトン伯爵を殺したのもこの男！　今の私にしているように毒を盛ったのよ！　いくらでも証言するわ！　だから、私に解毒剤を！」

全てをかけて愛した者たちが、私の罪を明らかにしていく。私が罪を犯したのは、お前たちのためなのに。

私はバルゴアの騎士に拘束された。

黙っていればバレなかった。愚かな妻と娘を見て、急速に愛情が失われていく。代わりに、沸々と怒りが湧き起こってきた。

ぎゃあぎゃあと醜く叫ぶ妻に「黙れ！」と怒鳴る。

妻は、キッと私を睨むと、「この人殺し！」と叫んだ。

「お前がそれを言うのか!?　お前が、私を愛していると！　どうしても伯爵夫人になりたいとねだったんだろうが！」

「だからといって、殺してなんて頼んでないわ！」

「殺さないとお前ごときの家柄の下賤な女が、高貴な伯爵家に嫁げるわけがないだろうが！」

だから殺したんだ。お前たちと幸せになるために、私は自らの手を汚してまで……。

「それがあなたの本心なのね⁉　愛していると言いながら、そうやって私のことをずっと見下していたのね⁉」

「どうしてそうなるんだ⁉　お前たちがこんなにも愚かだなんて思わなかった！」

私を睨みつける妻の瞳は、別人のように冷めきっていた。マリンは、怯えて私から距離を取る。

「お前たちは、私のせいだとでも言うのか⁉　これは全てあの女が悪いんだ！　あの強欲な女が無理やり俺に嫁いできたから！」

私の前にバルゴア令息が立ち塞がった。

「その件だが、叔父が調べたところによると、セレナ嬢の母は、この結婚を拒否していたそうだぞ。だが、爵位の低いセレナ嬢の母側から断ることができなかった」

「ウソだ、そんなわけがない！」

「婚姻が結ばれる前に、セレナ嬢の母は何度もお前に手紙を出していたらしい。その内容は『あなたからこの結婚を断ってほしい』だった。だが、家に帰らず女の元に入り浸《びた》っていたお前は、手紙に気がつかなかった。いや、気がついていたが、読まなかったが正解か？」

結婚前にあの女から手紙は届いていた。だが、中を見ずに破り捨てた。

どうせ、私への愛の言葉が綴《つづ》られていると思っていたから。返事をしなくても何通も届いた

ので、女の浅ましさに腹が立った。

「前ファルトン当主が、無理やりこの結婚を進めたのは、このままでは一人息子のお前がダメになると思ったからだ。事実、お前はその女に入れあげてから、素行が悪くなっている」

「違う、私は愛する者を大切にしただけだ！　何も悪いことはしていない！」

バルゴア令息は「愛か……」と呟いた。

「そういえば、先ほど、セレナ嬢の母のことを『あの強欲な女が無理やり俺に嫁いできた』と言っていたな？」

「そうだ、だからあの女が悪い！　あの女さえいなければ！」

「セレナ嬢の母には、領地に愛する人がいたらしいぞ」

私は耳を疑った。

「でも、家のために仕方なくお前に嫁いできたんだ。セレナ嬢の母は、ファルトン家にもお前にも、何も求めていなかった。彼女はただ貴族の役目を果たしただけだ」

「ウ、ウソだ！」

バルゴア令息の背後に隠れていたセレナが私に近づいてきた。

その瞳には涙が浮かんでいる。

「本当です……だって、生前のお母様は、私にこっそり教えてくれたから」

——セレナにだけ教えてあげる。他の人には内緒よ？　本当はね、私にも愛し合っている人がいたの。結婚の約束をしていたわ。でも彼、身分が低くてね。結婚を許してもらえなかったの。別れたときは悲しかった。でも……。

「お母様は、私が生まれてくれたから幸せだって。私に会えたから嫁いできてよかったって……言ってくれた。それなのに、あなたは、そんなくだらない理由でお母様を殺したの？」

ボロボロとセレナの瞳から涙がこぼれる。

「くだらないことだと⁉　愛する者に出会えたことは何よりも幸せだ！　だから、愛する者を幸せにするために、これまでの全ては必要なことだった！」

「だったら、お母様が愛のために、あなたを殺してもよかったたってこと？」

セレナの言葉に、私は一瞬怯《ひる》んだ。

「違う！　家のために諦められる愛など、本当の愛ではない！　私の愛は本物だったから——」

「……本当に？」

セレナの視線は、妻とマリンに向けられている。かつて愛した者たちは、今は憎しみを込めて私を睨みつけていた。

私は私に厳しく当たる父が、ずっと憎かった。

その気持ちを汲《く》んで慰めてくれたのが、今の妻だ。私の唯一の理解者だと思っていたのに。

しかし、憎い奴らが死んで、残されたセレナが家を出たら、全てがおかしくなってしまった。

本当にそいつらのせいで私が不幸になっているのなら、私は幸せにならないといけないはずなのに？

私はわずかに浮かんだ疑問を無理やり打ち消す。

「そうだ、セレナ……こうなったのは、全てお前のせいだ！　お前が私の言う通りにしないから！」

セレナの瞳は、澄んでいた。

「あなたは、誰かのせいにしないと、生きていけない人なのね。……かわいそう」

かわいそう？

憐《あわ》れまれたのか？　私や妻、マリンから虐《しいた》げられているような娘に。

カッと頭に血が上った。

「セレナ、お前ごときが私にかわいそうだと⁉　お前など、さっさと強欲な貴族に売り飛ばしてしまえばよかった！　お前のせいで、お前のせいで私は！」

「黙らせろ」

バルゴア令息の一言で、私は布で口を塞がれた。どれだけ叫んでも、もう言葉にならない。

「他人に責任を押し付ける奴は、存在自体が害悪だな」

私を冷たく一瞥《いちべつ》したあとに、バルゴア令息はそっとセレナの頭を撫でた。

「大丈夫ですか？」

「リオ様……誰かを悪者にしないと保てない愛ってなんでしょう？」

「逆ですよ。この者たちは、愛を言いわけに悪者を作って好き放題していたんでしょう。本当に愛し合っていたわけじゃない」

違う！　そうじゃない！

「本当に愛していたなら、苦しむ妻に解毒剤を渡していたでしょうから。それをしなかったこの男は、妻より自分の保身を優先した。それに、夫人も本当にこの男を愛していたら、愛した人の罪を率先して暴かないですよ」

そうだ、妻さえ我慢すれば、全てがうまくいったのに！

愚かな妻と娘のせいで！

愛していた者に裏切られるなんて！　だとしたら、今まで私がやってきたことは一体なんなんだ……？

なんのために、今まで私は……？

ぐにゃりと世界が歪んだ。

「連れていけ」

バルゴア令息の言葉で、私は乱暴に引き立てられた。

この日私は、愛する妻も娘も爵位も全てを一度に失った。

それは、誰のせいなのか。誰を憎めばいいのか、もう分からなくなっていた。

◆◇◆◇◆

私はバルゴアの騎士に連行されていく父をぼんやり眺めていた。

ずっと恐れていた父が、こんなにもちっぽけな存在だったなんて……。

私に向かって「お前のせいだ！」と何度も叫ぶ父は、まるで駄々《だだ》をこねる小さな子供のようだった。

でも子供とは違い、自分の思い通りにするために人殺しまでするなんて悪質すぎる。

結局、愛した妻にも娘にも見捨てられて、自らの手に残ったのは過去に犯した罪だけ。

実の父と妻を殺した重すぎる罪を、これから、どうやって償っていくのかしら？

父のように生きる人生は絶対に嫌だと思った。それと同時に、こんな風にしか生きられない父をかわいそうだと思ったのも事実。

でも、楽になってほしいなんて思わない。

今まで苦しめた全ての人の分までしっかりと苦しんでほしい。そうして、いつか自分がやったことを心の底から後悔する日が来てほしい。そう願わずにはいられない。

マリンの甘ったるい声で私は我に返った。

「リオ様ぁ」

リオ様にすり寄ろうとしたマリンは、エディ様に止められた。

「なんなのよ⁉」

「毒の隠し場所を知っているとか？　今すぐ案内してください」

エディ様に鋭く睨みつけられて、マリンは不服そうに視線をそらす。そのあと、エディ様とバルゴアの騎士に挟まれながらマリンは部屋から出ていった。

そういえば、リオ様は『病死したとされているセレナ嬢の母と祖父の本当の死因を証言した者だけを減刑する』と言っていたわ。

ということは、その罪を証言したマリンは、なんの罪にも問われないの？

継母は？

「リオ様、マリンと継母は……」

不安に思ってリオ様を見上げると、リオ様はニコリと微笑む。

「あなたの妹が本当に毒の場所を知っていたら、コニーを使って、あなたを毒殺しようとしたことに繋げられます。使用人に話を聞いてみましょう。雇い主を失った今なら誰でも証言してくれますよ」

「でしたら……」

私は周囲を見渡して、部屋の隅で震えているマリン付きのメイドを指さした。

「あのメイドに話を聞きたいです。彼女はマリンの専属メイドなので」

専属メイドは「ひっ」と小さく悲鳴を上げる。

私たちが近づくと、専属メイドは祈るような仕草をした。

「なんでも言います！　私はどうなっても構いません！　で、でも故郷だけはお見逃しください！」

「故郷？」

ガタガタと震えているけど、メイドは決して逃げようとしない。

「私の故郷は貧しい男爵領です……。数年前の大雨で、堤防が壊れて川が氾濫《はんらん》し多くの領民を失いました。急ぎ堤防を直さないといけないのに……。王家や近隣の貴族たちに資金援助を求めましたが断られました。父も兄も姉たちも必死に資金を集めていますが、まだ足りません。だから、お金が必要なのです！」

その瞳には、強い覚悟が見えた。

「私は器量が悪いからよい嫁ぎ先を見つけられず……そんなとき、ファルトン伯爵家のメイド募集を見つけて……。すみません、セレナお嬢様がつらい目にあっているのを知っていて、お金のためにずっと見て見ぬふりをしていました」

今思えば、このメイドに何か嫌なことをされた記憶はない。

彼女はむしろ、いつもマリンのわがままに振り回されて大変そうだった。

「あなたの事情は分かったわ」

私はメイドに微笑みかけた。

「あなたの言葉をこの場で全て信じるわけにはいかないけど、無関係な人まで罰してほしいとは思っていないの」

「セレナお嬢様……あ、ありがとうございます！」

メイドはハラハラと涙をこぼす。

「あなたの故郷には何もしないと約束するわ。だから、マリンが何をしようとしていたのか知っていることを全て教えてほしいの」

「……はい」

メイドの話によると予想通りマリンは、コニーに毒薬を渡して私を殺そうとしていた。その毒薬を水にすり替えたのは、このメイドだったらしい。

「セレナお嬢様に毒を盛るなんて、いくらなんでもひどすぎると思って……あっ」

ハッと何かを思い出したようにメイドが顔を上げた瞬間、獣のような叫び声が聞こえた。

「うおおおおお！」

剣を振り上げた騎士が、こちらに駆けてくる。

パーティー会場内に控えていたバルゴアの騎士は、父を連行したり執事を取り押さえたり、マリンに同行したりと、すぐに動ける者がいない。

側にいるリオ様は、パーティーに参加するために剣を置いてきている。

私はとっさにリオ様をかばうように前に出た。

「セレナお嬢様、危ない！」

小さな影が動いたかと思うと私は突き飛ばされた。気がつけば、コニーが私を守るように覆いかぶさっている。

ケガをしている右手にズキッと痛みが走った。

「よくやった、コニー！」

そう叫んだリオ様は、襲いかかってきた騎士の腕を掴んだ。騎士はうめきながら剣を取り落とし、あっという間にリオ様に取り押さえられる。

私の視界の隅でエディ様が駆け寄ってくるのが見えた。マリンに毒の隠し場所を案内させていたけど、騒ぎを聞きつけて慌てて戻ってきたのね。その後ろにはマリンもいる。

リオ様は取り押さえた騎士に「誰の差し金だ」と怖い声で聞いた。黙り込んだ騎士の顔はどこかで見たことがある。

「あなた……マリンの護衛騎士の？」

私の言葉で護衛騎士は動揺した。

「どうしてリオ様を？」

「殺してくれ！」

暴れようとする護衛騎士を、リオ様の代わりにバルゴアの騎士が取り押さえた。

エディ様は、取り押さえられている護衛騎士に剣をつきつける。

「バルゴアの次期当主を狙ったんだ！　お前だけの命で償えると思うな！　誰の命令か言えば、お前の家族だけは助けてやる！」

護衛騎士は黙り込んだ。代わりにマリンの専属メイドが口を開く。

「マリンお嬢様です！　マリンお嬢様が、セレナお嬢様の顔に傷をつけろと命令していました！」

「マリンが？」

マリンは青ざめ、涙を浮かべていた。

「ひどいわ……そのメイドは私を陥れようとしています！　リオ様、信じないで！」

「ウソです！　これは全てマリンお嬢様の指示です！」

メイドは護衛騎士に向かって叫んだ。

「早く正直に言わないと！　あなたのせいで罪のない家族まで殺されてしまうのよ⁉」

メイドの言葉を聞いても、護衛騎士は俯き何も言わない。

「どうして分からないの⁉　マリンお嬢様は、ずっと私たちを見下していたの！　あんたが命を賭けたって、マリンお嬢様は、あんたの名前すら覚えていないんだからっ！」

護衛騎士が顔を上げた。そして、マリンを見つめて「ウソだ」と呟く。

「マリンお嬢様が、俺の名前を覚えていないなんて……。ウソ、ですよね？」

マリンは、視線をさまよわせた。

「ウソだ……お嬢様、俺の名前を呼んでください！　それだけで、俺はあなたのために……」

マリンは、ハァとため息をつく。

「どうして私がそんなことをしないといけないの？　あなたの名前なんて覚えているわけないでしょう？　本当に使えない男」

護衛騎士の顔が絶望に染まった。叫び声を上げて暴れ、取り押さえていたバルゴア騎士の腕を振り解き落ちていた剣を拾う。

リオ様が私を守るように抱きしめた。コニーはそんな私たちをかばうように前に出る。エディ様は、暴れる護衛騎士を捕まえようとして腕を伸ばした。

誰にも守られていないマリンに、護衛騎士の剣が振り下ろされる。その瞬間、護衛騎士の服を掴んだエディ様が後ろに引っ張った。

護衛騎士は体勢を崩してその場に倒れ込む。それと同時にマリンの悲鳴が上がった。

「きゃあああああ！」

両手で顔を押さえたマリンの手の隙間から赤い血が流れている。

「顔がっ！　私の顔がぁああ！」

痛い痛い、と泣き叫ぶ。

エディ様がマリンの手を掴み、顔の傷を確認した。

「刃が少し当たって斬れたようです。命に別状はありません。……まぁそれでも、傷跡は残るかもしれませんが」

「いやぁああ！」

泣き叫ぶマリン。でもエディ様がいなかったら、おそらくマリンは斬り殺されていた。

急に外が騒がしくなった。

私が不思議に思っていると、リオ様が「通報させたので、警備隊が来たようですね」と教えてくれる。

「エディ、あとのことは頼んだ」

「はい」

リオ様は、ギュッと私を抱きしめたあとに横抱きにかかえた。

「え⁉」

「大人しくしてください。これでも、俺はあなたにすごく怒っているので」

◆◇◆◇◆

【リオ視点】


俺に大人しく抱きかかえられているセレナ嬢の身体が強張った。警戒されてしまっている。

おそらくこれは、俺が『あなたにすごく怒っているので』と言ったことに反応しているんだろうな。

好きな人に警戒されるほど悲しいことはないが、これだけはどうしても言っておかないといけない。

ターチェ家の馬車にセレナ嬢を乗せた俺は、彼女と向かい合わせに座った。

セレナ嬢は、こちらの出方を窺っているようだ。

俺はセレナ嬢の透き通った瞳を見つめた。

「もっと自分を大切にしてください」

これまでのセレナ嬢の置かれていた環境からすると、それができなくても仕方がないことだと思う。

それくらい、ファルトン伯爵のセレナ嬢への態度はひどかった。

冷遇されているセレナ嬢を見る度に、俺は伯爵に声を荒らげそうになるのを必死にこらえた。

彼女は、母が亡くなってからずっとこんな扱いをされていたのか？

ファルトン伯爵を何度殺しても殺し足りない。

セレナ嬢が『演技をしてファルトン伯爵に毒を使わせよう』としていることに気がついたとき、俺は彼女に違和感を覚えた。そして、俺をかばうように前に飛び出した瞬間に確信した。

セレナ嬢は、生きることに執着していない。

剣を掲げた騎士が襲いかかってきたとき、俺やエディ、他のバルゴアの騎士たちも誰一人、セレナ嬢が前に出ると予想できなかった。

普通ならそんなことが起こるわけがないのだから。でも、コニーだけは違った。セレナ嬢と一緒につらい環境を過ごしてきたコニーだけは、セレナ嬢の行動が読めていた。

だから、コニーはセレナ嬢を守ることができたんだな。

おそらくセレナ嬢には、『もっと自分を大切にしてください』という俺の言葉は届いていない。

それでも言わずにはいられない。

「あなたは、いつ死んでもいいと思っていませんか？」

瞬きしたセレナ嬢は、小さく笑う。

「死んで楽になりたいと思っていた頃もありました。これまでの私にとって死ぬことは、唯一の希望でしたから」

セレナ嬢は「それに、死んだらお母様に会えるもの……」と瞳を伏せる。

「でも、今は違います。今は生きたいと思っています。本当ですよ。リオ様のおかげです」

ふわりと微笑みかけられて、俺の心臓が締めつけられるように痛んだ。

「なら、どうして俺をかばおうとしたんですか⁉」

「……」

少しの沈黙のあと、セレナ嬢は口を開く。

「リオ様がどれだけ優秀で素晴らしい方なのか、ほんの少し一緒にいた私でも分かります。リオ様に何かあったら、バルゴアの民が黙っていないでしょう」

セレナ嬢の声は、不思議なくらい落ち着いている。

「命の重さに違いはないと思います。でも、私は責任の重さには違いがあると思うのです。だって、平民と国王では背負う責任の重さが違うでしょう？」

「だから、俺は生き残って、あなたは死んでもいいと？」

「そういうわけではないのですが……。そうですね、結果的にはそう思いました。すみません……」

セレナ嬢は、俯いてしまった。こんな風に彼女を困らせたいわけではないのに。

あなたを愛しているんです。だから、あなたが傷つく姿なんて見たくない。

そう言えてしまえば簡単なのに。彼女の右手首には包帯が巻かれている。だから、まだ俺の想いを伝えるわけにはいかない。

しばらく沈黙が続いたあとに、「父は、どうなりますか？」と尋ねられた。

あのファルトン伯爵にすら『かわいそう』と言ったセレナ嬢なら、減刑を求めるかもしれない。彼女は優しすぎる。

「ファルトン伯爵は、確実に死刑になります。それだけの罪を犯している」

そう伝えると、予想外に「そうですか」とあっさりした言葉が返ってきた。

「いいんですか？　あなたは『かわいそう』だと……ファルトン伯爵の減刑を求めますか？」

「いいえ」

セレナ嬢は、ゆるゆると首を振った。

「全てを他人のせいにしないと生きられない父をかわいそうだと思いますが、助けたいとは思いません。助けたいと思えるほどの愛情を、あの人からはもらっていませんから」

彼女の口元に、寂しそうな笑みが浮かぶ。

「減刑どころか、私は父が死刑になる前に母が味わった苦しみを、同じだけ父にも味わってほしいと思っています。毒を盛られた母は、死ぬ直前まで苦しんで、死ぬことによりようやくその苦しみから救われました」

淡々と話すセレナ嬢は、亡き母を思い出しているようだった。

「リオ様。先ほども言いましたが、死はときには希望や救いにもなってしまうのです。だから、父はしっかりと苦しんでから死刑になればいい。父以外の人たちもそうです。自分たちが犯した罪と同じことをされてほしい。それ以上の罰は、望みません」

その言葉を聞いた俺は、初めてセレナ嬢に出会ったときのことを思い出した。

ケガをさせたことを謝る俺に、彼女は「あなたのせいではないでしょう？　あなたは、体勢を崩した私を支えただけですから」と言ってくれた。

ああ、そうか。彼女はあの頃からずっと、清らかで気高いんだ。そして、誰に対しても感情的にならず、公平に振る舞うことができる。

そんな彼女に俺は惹かれたんだ。

「こんなひどいことを言う女は、嫌ですよね……」

セレナ嬢は、自分の価値にまだ気がついていない。

今ならセレナ嬢が言った言葉の意味が分かる。

――命の重さに違いはないと思います。でも、私は責任の重さには違いがあると思うのです。だって、平民と国王では背負う責任の重さが違うでしょう?

彼女は、俺の立場の難しさや、責任の重さを理解してくれているんだ。俺が死んでしまえば、バルゴアにとって不利益になる、それなら自分が死んだほうがいいと思うくらいに俺とバルゴアの未来を考えてくれている。

セレナ嬢は、俺の後ろに隠れて守られるような女性じゃない。だから、俺の父が彼女に会ったら、きっとこう言うだろう。

『セレナ嬢は、人の上に立つお前の隣に立ち、共に歩める女性だよ』と。

俺は立ち上がると狭い馬車内でひざまずき、そっとセレナ嬢の手を取った。驚く彼女をまっすぐ見つめる。

「あなたのケガが治ったら、聞いてほしいことがあります。とても大切なことなんです」

『愛している』と、『俺と共に歩んでほしい』と伝えたい。

あなたがどれほど素晴らしい人なのか分かってもらい、もう二度と俺をかばって、自分は死んでもいいだなんて思わせない。

でも……。

セレナ嬢は、俺に感謝以上の感情を持っているのだろうか？　嫌われてはいないと思う。でも愛されているとは思えない。もし、ふられたらどうしよう？　俺はセレナ嬢を諦めることができるのか？

ふられることを想像するだけで、戦場でも震えたことがない俺の足がガクガクと震えた。

第七章　必死に愛を伝えて泣いてすがって頼み込んだ結果

ファルトン伯爵家で行われていた悪事はリオ様に暴かれて、またたく間に王国中に広まった。

それと同時に、銀食器に反応しない毒があるという事実に人々は震え上がった。

これまで病死扱いで亡くなった人の中に「毒殺された人がいたのではないか？」と疑う声も上がっている。

そんな中でも、ターチェ伯爵家は平和そのものだった。

私は、バルコニーから美しいターチェ家の庭園をぼんやりと眺めていた。リオ様のおかげで、祖父と母の敵《かたき》を取ることができた。

でも私は、あの日からリオ様に避けられている。

最初は気のせいかと思っていた。

きっとリオ様は、ファルトン家の事件の処理などで忙しいのよね、と。

でも、難しいことを考えるのが苦手だというリオ様は、事件後のことは全てターチェ伯爵に任せているらしい。

そういうわけでリオ様は忙しくない。それなのに、なぜか会えない。

今までよく顔を合わせていたのは、リオ様が私に会いに来てくれていたからなのね。リオ様にあらためてお礼が言いたいのに……。

だったら、私のほうから会いに行けばいいのよ。

そう思った私が朝晩の鍛錬中に何度か押しかけたけど、そこでもリオ様には会えなかった。

「リオ様はどちらに？」

エディ様が目を泳がせている。

「あー……えっと、今日は、リオはその、具合が悪くて……」

鍛錬に参加していたコニーが、私が来た方角と反対を指差した。

「リオ様は、セレナお嬢様が来た途端に、あっちに全力疾走していきましたよ」

「わー!?　コラッ弟子！　空気を読め！」

「はぁ？　それが次の鍛錬ですか？」

それを聞いて、私はようやくリオ様に避けられているのね、と気がついた。

避けられている原因は分かっている。

ファルトン伯爵家から帰る馬車の中で、リオ様に『なら、どうして俺をかばおうとしたんですか!?』と怒られた。

今思えば怒られても仕方がない。

だって、私なんかがリオ様を守ろうと飛び出したのだから。バルゴア騎士を率いるリオ様にとって、その行動がどれほど失礼なことになるかなんてあのときは気がつかなかった。

きっとリオ様は、私の愚《おろ》かさに呆れてしまったんだわ……。

リオ様が私を避けるようになっても、ターチェ伯爵家の人々は相変わらず私に優しくしてくれる。とても幸せなはずなのに、私の心はずっと沈んでいた。

だから、ようやく自分の気持ちに気がつけた。

「私って、リオ様のことが好きだったのね……」

いつの間にそんな思いが育っていたのかしら？　気がつけば、リオ様の存在が私の中でとても大きくなっていた。

そのことに、リオ様に嫌われ避けられてから気がつくなんて遅すぎる。

私は包帯が巻かれた右手首を見つめた。

リオ様は『あなたのケガが治ったら、聞いてほしいことがあります。とても大切なことなんです』と言っていた。

「それって、やっぱり私の今後の話よね？」

何を言われるのか想像がつかない。でも、あのときのリオ様の顔は、すごく真剣で怖かった。

よい話とは思えない。

「それに……」

私はこれまでのことを思い出した。

リオ様は私を見ると、すぐに赤くなったり照れたりするけど、そこに深い意味はない。

だって、前にエディ様に『結婚するつもりはないんですか？』と聞かれて『私を妻に求める人なんていませんわ』と返したとき、リオ様は『そんなことないですよ』って言ってくれなかったから。

それに、あの日の馬車の帰り道で、私が『こんなひどいことを言う女は、嫌ですよね……』と聞いても、やっぱりリオ様は何も言ってくれなかった。

「そうよね……。だって、私はリオ様の嫁候補にすら入っていないもの……」

わざわざ王都にまで来て嫁探しをするんだから、その目的は高位貴族との繋がりだと思う。

私はまだ一応貴族だけど、父、継母、マリンは投獄されている。今は私の祖父と母の毒殺に、継母とマリンがどこまで関わっているかを調べているそうだ。

父方の親戚たちは、私の母が亡くなってすぐに、父が継母と再婚しようとしたことに大反対したらしい。しかも、私とそう年が変わらないマリンがいたことから、父が長年にわたり浮気をしていたことは明らかだった。

親戚たちの言い分は「浮気をするなとは言わないが、もっと世間体を考えろ。私たちの顔に泥を塗る気か！」だ。

そのときに、もめにもめて絶縁したそうで、今回の事件に自分たちは一切関わっていないと主張している。

このままでは、一人残された私を支えようという親戚はいない。

だから、私が婿養子を取ってファルトン伯爵家を継ぐことになってしまう。それだけは嫌だとターチェ伯爵に相談したら、「君は何も心配しなくていい。これからは好きに生きていいんだよ」と言ってくれた。

だから、ケガが治りターチェ伯爵家を出たら、以前から考えていたように、私はバルゴア領に移り住んで平民として暮らすことに決めた。

でも、そうすると、結婚したリオ様やその奥様を遠くから見ることになるわけで……。

リオ様の優しい微笑みが私以外の女性に向けられると思うと、胸が苦しくなってしまう。

「……王都の女性をエスコートする練習なんてしなければよかった」

そうすれば、リオ様はいつまで経っても奥さんを見つけられなかったかもしれない。

「そんなわけないか。だってリオ様、素敵だもの」

早く、この気持ちを、終わらせないと。

私の呟きは、バルコニーを吹き抜ける風にかき消された。

しばらくすると、ターチェ伯爵夫人が私の元を訪れた。

「セレナさん、今、少しいいかしら？」

「はい、もちろんです」

ターチェ伯爵夫人は、平静を装っているけど空気がとげとげしい。

「……何かあったのですか？」

夫人は大きなため息をついた。

「セレナさん、私と一緒に夜会に参加してくださらない？」

「え？　夜会、ですか？」

「そう夜会！　ほんっとうに腹立たしいのよ！」

夫人が言うには、社交界ではファルトン伯爵家のことで持ち切りだそうだ。

「セレナさんは、ひどい目にあわされていた被害者なのに、そうじゃないと主張する人たちがいるのよ！」

「は、はぁ……？」

「社交界の毒婦も、何か犯罪に手を染めているんじゃないかって！　だから、表舞台に出てこられないんだって！　ああっもう！　今のこの可憐なセレナさんを見せつけて、そいつら全員黙らせてやるんだから！」

怒りに燃える夫人は、相変わらず優しい人ね。私の名誉を挽回してくれようとするその気持ちはとても嬉しい。でも、私は丁重にお断りした。

「ありがとうございます。でも、私はもう二度と社交界に戻る気はありません」

「そうなの⁉」

驚く夫人に、私はバルゴア領に行こうと思っていることを告げた。すると、夫人は「まぁまぁまぁ」と嬉しそうに微笑む。

「そうだったのね⁉　やっとリオが……もうあの子ったら、あなたのケガが治ってからとか、最高級の指輪を見つけてからとか、ずっとウダウダ言っていたから心配していたのよ！」

「ケガが治ったら、指輪を？」

私の言葉を聞いて夫人はハッと口を押さえた。

「ごめんなさい！　まだ指輪のことは、リオから聞いていなかったのね？　あらやだ、先に言っちゃったわ、どうしましょう」

「リオ様が、指輪をどうするんですか？」

夫人は少し悩んだあとに、「もう言っちゃったからいいわよね？」と開き直った。

「それはもちろん、リオが愛する人にあげるために準備しているのよ」

「愛する、人……」

頭を殴られたような衝撃を感じた。

夫人は、なぜかリオ様が私に指輪を贈ると誤解しているようだった。

でも、私は自分の指のサイズを知らない。今まで指輪を買ってもらったことなんてなかったから。

それにリオ様に、指のサイズなんて聞かれたことがない。だから、どう考えても、その指輪は私に贈るために準備されているものではない。

胸がジクジクと痛む。

そっか、リオ様に愛する人ができたんだわ。だから、私が会おうとしても会ってくれなかったのね。

他に愛する人がいるのに、私に優しくするわけにはいかない。そんなことをして本当に愛する女性に誤解されてしまったら困るもの。だから、避けられていたのね。

リオ様は、なんて誠実な人なんだろうと思う。そして、リオ様に愛される人がうらやましくて仕方ない。

夫人が「これは、夫がくれた指輪で――」と幸せそうに話してくれたけど、私はうまく返事ができなかった。

私はリオ様への思いに気がついたものの、どうしたらいいのか分からず困っていた。

今まで男性を好きになったことがなかったので、この恋の終わらせ方も分からない。

他の人はこういうとき、どうするのかしら？

そういえば、母がまだ生きていて私が普通の貴族令嬢として暮らしていた頃、仲がよかった友人たちは恋の話を楽しんでいた。

誰が素敵だとか、こんな恋をしてみたいとか。

そうだわ、恋の悩みは友人に相談したらいいのよ！

私はたった一人の家族であり、大切な友人でもあるコニーを思い浮かべた。

でも、バルゴアの騎士を目指しているコニーにとって、リオ様はお仕えする人。そんなリオ様を私が好きになってしまったと相談したら……。

『セレナお嬢様はリオ様のことが好きなんですか⁉　でもリオ様に避けられているって⁉

……あの男、ぶっ飛ばす』

私の頭の中のコニーがリオ様をぶっ飛ばしに行って、エディ様に捕えられている。

「あ、ああ、ダメだわ」

コニーに心配をかけて、その輝かしい未来を邪魔するわけにはいかない。

私がため息をつくと、メイドが「セレナお嬢様、お茶はいかがですか？」と聞いてくれた。

「いただくわ、ありがとう」

ニコッと嬉しそうに微笑むメイドは、よく考えたら、私と同じくらいの年齢で。

私は慌ててメイドを呼び止めた。

「あの、少し話を聞いてほしいの。よければ、他のメイドたちも呼んでくれる？　みんなでお茶にしましょう」

「え？　あ、はい」

戸惑いながらもメイドは頷いてくれた。しばらくすると、私のお世話をしてくれているメイドが４人部屋を訪れる。

「セレナお嬢様、今は私たちしか手が空いておらず……」

ターチェ伯爵夫人は、私にたくさんのメイドをつけてくれている。夫人に「そんなに若いメイドたちだけで大丈夫？」と心配されたけど、彼女たちはみんな誠実で優秀だった。

そんな彼女たちだって、誰かに恋をしているかもしれない。

私はメイドたちにお茶の席に座るように勧めた。

座ることをためらっていた彼女たちに「お願い」と伝えると、慌てて席に座ってくれる。メイドたちは、不安そうに私を見ていた。

「お仕事中にごめんね。実は悩みがあって、そのことをあなたたちに相談したくて……」

あらためて言うのは、すごく恥ずかしい。でも、恥ずかしがっている場合ではない。

私のケガはおそらくもう治っている。ファルトン伯爵家でいろいろあったときに少しだけ痛んだけど、それ以降は痛くない。今度、医師に診てもらったら、たぶんこの包帯は取れてしまう。

私にはもう時間がない。

「実は……」

メイドたちは深刻な表情でゴクリと唾《つば》を飲み込んだ。

「私……」

顔が熱い。

「恐れ多くも、リ、リオ様のことが好きになってしまって……」

私がメイドたちをチラッと見ると、彼女たちはポカンと口を開けていた。

「え？」

「はい？」

戸惑うような小さな声が聞こえてくる。

「でも、リオ様には他に好きな女性がいるのでしょう？」

「えええっ!?」

「そ、そうなのですか⁉」

今度の声はすごく大きかった。メイドの一人は、こちらに身を乗り出している。

「誰も知らなかったの？」

「そんな話は聞いておりません！　だって、ねぇ？」

メイドたちはお互いに視線を送り合っている。

「その、私たち、リオ様はセレナお嬢様のことが好きなのかと思っていました」

「奥様に禁止されるまでは、熱心にこちらに通って、かいがいしくお嬢様のお世話をされていましたし……」

「セレナお嬢様、以前、お姫様抱っこされていましたよね？」

言われてみれば、リオ様の行動は私を好きだとしか思えないものばかりだった。

「大変失礼ですが、セレナお嬢様の勘違いでは？」

そうだったら、よかったのに。

「でも私、リオ様に避けられているの。あなたたちもリオ様がここに来るのを、最近見ていないでしょう？」

「そういえば……」

気まずい空気が漂っている。

一人のメイドが立ち上がった。

「お嬢様、この件は、とても重要なことだと思います。経験の浅い私たちでは判断がつきません。ですから、頼りになる方を呼んでまいります！」

そう言って走り去ったメイドは、メイド長を連れて戻ってきた。年配のメイド長は、初めて出会ったときからずっと私に礼儀正しく接してくれている。

これまで私たちが話していた内容をメイド長に伝えると、彼女は「分かりました」と頷いた。

「まず、結論からお伝えすると、セレナお嬢様が思っているようなリオ様の想い人はおりません」

「でも……」

ためらう私に、メイド長は優しく微笑みかけてくれる。

「使用人の目は邸宅内のどこにでもあります。リオ様が他の女性を思っていたら、必ず使用人の誰かが気がつき、私の耳に入っていることでしょう」

「じゃあ、リオ様に想い人はいないの？」

その質問にメイド長は頷かなかった。

「リオ様が、指輪を準備していることは確かです」

「やっぱり、誰かにあげるためよね？　これから出会う女性のために前もって準備している、とか？」

メイド長は、なんて言っていいのか悩んでいるようだった。

「……私のほうからは、はっきりとは言えません。でも、セレナお嬢様がリオ様のことを想ってらっしゃるのなら、その指輪を誰にあげるのか直接聞いてみてはいかがでしょうか？」

「私が？　リオ様に？」

そんなこと考えたこともなかった。どうやってリオ様への気持ちを諦めたらいいのとばかり悩んでいた。

「でも、私、リオ様に避けられていて、会うこともできないの」

「その話は私の耳にも入っております」

メイド長は、呆れたようにため息をついた。

「旦那様にも、ご報告しましたが……」

それを聞いたターチェ伯爵は、『リオくんの好きにさせるように』と言ったらしい。

「それ以外のご指示はありませんでした。ですから、私たちも好きにさせていただきましょう」

メイド長は、メイドたちを振り返った。

「あなたたち、セレナお嬢様のために働く気はありますか？」

「あります！」

「だったら、みんなでリオ様の居場所を探りなさい。そして、逐一、私に報告するのです」

「はい！」と、若いメイドたちは、元気なお返事をする。

一人だけ状況を理解できていない私は、メイド長に尋ねた。

「何をする気なの？」

「私たちでリオ様を逃げられない場所に誘導します。セレナお嬢様は、そこでリオ様としっかりお話になってください」

「そんなことができるの？」

メイド長は、ニコリと微笑む。

「たしかにリオ様は、とても優秀な方です。身体能力も高く逃げられたら追いつけないでしょう。しかし、リオ様は、私たちほどこの邸宅内を熟知しておりません」

「そうなのね。でも、どうして私にそんなによくしてくれるの？　私は、あなたたちに何もしてあげられないのに……」

それが不思議で仕方ない。

「それはもちろん、ここにいる者たちがセレナお嬢様のことをお慕《した》いしているからです。セレナお嬢様のお人柄に触れたら、みんな好きになってしまいます。お嬢様は、それくらい魅力的な方なのです」

メイド長の後ろで、メイドたちがコクコクと一生懸命頷いてくれている。

他人からの予想外の好意に戸惑っている私に、メイド長は「セレナお嬢様は、これからは愛されることに慣れていかないといけませんね」と言ってくれた。


それから数日後。

私はメイド長に呼ばれて、ターチェ伯爵家内の広い廊下に一人で立っていた。

廊下の壁には、多くの絵画が飾られている。

メイド長が言うには、ここには歴代のターチェ伯爵が買い集めた絵画が並んでいるそうで、中には貴重なものや高額なものもあるらしい。

だから、ここは通路であると同時に部屋でもあり、防犯のために入口と出口に鍵付きの扉がついているそうだ。両側から鍵を閉めてしまえば、さすがのリオ様でも逃げられない。

メイド長から事情を聞いたエディ様も、私に協力してくれることになった。

本当にリオ様がここに来るのかしら?

半信半疑で待っていると、コツコツと複数の足音が聞こえてきた。扉からリオ様が入ってくる。

私に気がついたリオ様が驚いている間に、後ろにいたエディ様はサッと廊下から出て扉を閉めた。

リオ様が「あ」と言った途端に、ガチャリと鍵がかかる。

「リオ様」

私が声をかけると、リオ様は大きな体をビクッと震わせた。誠実そうな瞳が戸惑っている。

「まだ、準備が……」

そう言いながら、リオ様は一歩あとずさった。

なんの準備をしているのか分からないけど、リオ様が私を避けているのはやっぱり気のせいではなかったのね。

その途端に、胸が痛んで不覚にも涙がにじんだ。

「セレナ嬢!? ど、どうしたんですか!?」

ハッとなったリオ様は「もしかして、まだ腕が痛むんですか？」と見当違いなことを聞いてくる。

リオ様は優しいから、私がケガをしている限り、こうして心配してくれるのかもしれない。

それなら、『ケガが悪化した、後遺症が残った』とウソをついたら、これからも私のことを心配してくれるの？ もしかしたら、責任を取って奥さんにしてくれる？

でも、そんな関係は嫌だった。そんなことをされるくらいなら、いっそのことときっぱりとふられたい。

私は少し前に芽生えた大切なこの想いをリオ様に伝えると同時に、この場でその想いを失う覚悟を決めた。

リオ様をまっすぐに見つめる。

「……好きです」

そう口にしただけで、ボロボロと涙が溢れてしまう。

リオ様は、いつも私に優しくしてくれた。ニコニコと微笑みかけてくれた。

それだけでなく、私の味方になってずっと守ってくれた。

そんな人を好きにならないなんて無理だった。

「わ、私じゃダメですか？」

リオ様からの返事はない。ただ綺麗な紫色の瞳が大きく見開かれている。

やっぱり迷惑だったのね。それでも、なりふりなんて構っていられない。リオ様を他の女性に取られたくないと強く思ってしまう。

私はリオ様の服の袖をぎゅっと掴んだ。

「私、何も持っていません。リオ様に何もあげられない……でも、ずっとリオ様の側にいたいんです。私をリオ様の奥さんにしてください。お願いします、お願い、します……」

泣きすがって頼んでも叶わないと分かっている。でも、これが最後だから、かっこ悪くてもいい。悔いが残らないように、この気持ちを全部伝えると決めたから。

どこかぼんやりとしていたリオ様の顔が赤くなっていった。そして、「あ、そうか、分かった……山猫」と呟く。

「え？」

「俺、昔、ケガをした山猫を拾ったことがあったんです」

なんの話か全く分からない。分からなすぎて、涙も引っ込んでしまった。

「警戒心が強くて、なかなか気を許してもらえなかったんですけど、少しずつ俺に懐いてくれた。すごく可愛かったんです。でも、そいつ、ケガが治ったら俺の前から姿を消してしまって……」

リオ様の瞳が、私を見つめている。

「だから、セレナ嬢もケガが治ったら、俺の前からいなくなるかもと思って怖かったみたいです。ケガが治るまでの間だけ、俺を頼ってくれているんだったらどうしようかと不安で」

「そんなこと……」

ないとは言い切れなかった。リオ様への想いに気がつく前は、私もそうするつもりだったから。でもそれは、リオ様を利用しようとしたわけではない。

「きっとその山猫は、リオ様に迷惑をかけたくなかったんですよ」

「迷惑？」

私はコクリと頷いた。

「だって、私もリオ様の迷惑になりたくないから……」

「あなたを迷惑だなんて思ったことは一度もない！」

リオ様の両手が私の肩を掴んだ。力加減ができていないのか、少し痛いくらいだったけど、それだけ真剣なのだと伝わってくる。

「あなたのケガが治ったら、俺のほうから告白するつもりでした」

「ウソ……そんな風には見えなかったですよ⁉」

「すみません、少しでもふられる可能性を減らそうと必死に考えて、いろいろ準備していたんです。まさかあなたに好かれているなんて夢にも思っていなくて。その結果、あなたを泣かせてしまった……」

後悔にまみれた顔で、俯いてしまうリオ様。

「俺、考えること苦手なんで、あんまり考えないほうがいいですね」

「そ、そうかもしれません」

考えることが苦手なリオ様が真面目に考えた結果、私を避けることになったのなら、リオ様はあまり考えないほうがいいかもしれない。

だって、メイド長やメイドたちが私に協力してくれなかったら、私は『リオ様は別の女性が好きだ』と勘違いしたままリオ様への気持ちを諦めていた。避けられるのがつらすぎて、逃げ出していた可能性だってある。

とりあえず、戦闘面で優秀なリオ様は、恋愛面ではものすごく鈍いことだけは分かったわ。

リオ様は「では、もう考えません！」と大きな声ではっきりと言った。

「愛しています！　俺と結婚してください！」

「はい！」

即答した私を見て、リオ様は苦笑する。

「……やっぱり俺は、考えないほうがうまくいくなぁ」

「そうみたいですね」

私たちがクスクスと笑い合っていると、鍵がかけられていた扉がガチャリと開いた。と同時に、拍手が沸き起こる。

「おめでとうございます！」

「おめでとうございます！　セレナお嬢様！」

私に協力してくれたメイド長とメイドたちに「ありがとう」と伝えている横で、リオ様はエディ様に「リオ、よかったな！」と肩を叩かれていた。

エディ様の後ろにいたコニーが、「え？　え？」と混乱している。

「セレナお嬢様、どういうことですか？」

「私、リオ様が好きなの」

「ええ⁉」

「頑張って告白したら、結婚を申し込んでもらえたわ」

「じゃあ、セレナお嬢様が次期バルゴア辺境伯夫人ってことですか⁉」

コニーに聞かれるまですっかり忘れていたけど、そういえば、リオ様は次期バルゴア辺境伯だった。

「辺境伯夫人……そ、そう、なっちゃうわね？」

コニーは、パァアと顔を輝かせる。

「やったー！　だったらなおさら、あたしはバルゴアで騎士になって、ずっとセレナお嬢様をお守りします！」

幸せそうに微笑むコニーを、私はぎゅっと抱きしめた。

「ありがとう。私もコニーを守るからね」

リオ様に会ってから、私は優しい人がたくさんいることを知った。

私にとって大切な人がどんどん増えていく。

それがこんなに嬉しいことだなんて、リオ様に出会う前の私は知らなかった。

◆◇◆◇◆

リオ様に想いを伝えてから数日後。

私はターチェ伯爵家で、医師の診察を受けていた。私の後ろには付き添いのリオ様が立っている。

医師は私の右手に触れながら「握りしめて、開いて」と指示した。

言われるままにグーパーすると、医師はニコリと微笑んだ。

「完治していますね。後遺症もありません」

ホッと胸を撫で下ろす私の後ろで、「よかった……」とリオ様の声がする。

「ありがとうございました」

治療もそうだけど、この医師はケガの診断書も書いてくれた。その診断書は、私がファルトン伯爵家でひどい目にあわされていた証拠として役立った。

結論からいえば、父であるファルトン伯爵は爵位を剥奪されたうえ、数年間、牢屋内で新薬の人体実験に使われたあとに処刑されることが決まった。

私が願った通りの恐ろしい処罰だったけど、これは私の希望というよりは、毒殺の罰を重くすることにより、同じような犯罪の抑制を狙ったものだとターチェ伯爵が言っていた。

継母とマリンも、既に貴族籍から抜かれている。

継母は毒殺には直接関わっていなかったものの、父に殺人を犯すようにそそのかした罪として、新薬の実験体になっている父の世話係をさせられている。

人を殺してまで結ばれたかった真実の愛のはずなのに、２人は顔を合わせる度に罵り合っているそうだ。

マリンは、私への殺人未遂と私を傷つけようと護衛騎士をそそのかした罪で、10年の懲役刑が確定している。本来なら15年だったところを、父の罪を明らかにすることに協力したので、約束通り減刑されていた。私に無理やり言うことを聞かせていたマリンが、今度は無理やり働かされるのだから、相応の罰のような気がする。

毒殺の実行犯だった執事は、本来なら父と同じ処罰になるはずだった。でも、父の罪を明らかにすることに協力したので、新薬の実験体になる期間が父より短くなっている。

それでも処刑されることには変わりがないので、牢屋内で「話が違う！」と叫んでいるらしい。

ファルトン伯爵家に仕えていた使用人たちは、仕えていた年数と同じ間、他の貴族の邸宅に勤める権利を失った。

これは全員ではなく、私に嫌がらせをしていた使用人たちだけへの罰だった。

マリンの専属メイドだった女性には、私を助けるために毒薬をすり替えてくれたことと、マリンの罪を告発してくれたことから、どうしてもお礼がしたかった。

それを聞いたリオ様が、彼女の故郷に多額の資金援助をした。

後日、ターチェ伯爵家を訪れた彼女は、泣きながら感謝を述べた。

「このご恩、一生かけても返し切れません！　下働きでもなんでもいたします！」

彼女もまたマリンに冷遇されていたと知ったあと、私は彼女に親近感のようなものを覚えていた。だから、私のメイドになってもらえないかと提案してみた。

「私が、セレナお嬢様の、メイドに？　い、いいんですか？」

「コニーは騎士を目指しているから、今、私の専属メイドがいないの。もちろん、あなたがよければだけど……」

「わ、私なんかでよければ、ぜひ！」

「よかったわ。あなた、お名前は？」

名前を聞くと、メイドはポカンと口を開けた。

「あなたの名前を教えてくれる？　名前を知らないと不便でしょう？」

「……ア、アレッタです」

「そう、アレッタね。これからよろしく」

「はい、はい……セレナお嬢様……」

涙を流しながら、嬉しそうにアレッタは微笑んだ。

そんな彼女とは違い、マリンの護衛騎士は実刑を免れなかった。

彼は、マリンとは身分違いの恋だと思い込んでいて、自分がマリンを慕っているように、マリンからも慕われていると思っていたそうだ。でも、決して結ばれることはないので、せめてマリンの願いを全て叶えてあげようとしたらしい。

護衛騎士の目的は、私の顔に傷をつけることだったけど、それよりバルゴア辺境伯令息のリオ様がいた場で剣を抜いたことが大問題になった。

バルゴアへの宣戦布告を疑われ、本来なら護衛騎士の一族全員が処刑されても仕方がなかった。だけど、リオ様も私もそんなことは望まない。だから、彼は騎士階級を永久に剥奪されたうえで、数年間の労働刑を言い渡された。

マリンとの恋物語から目が覚めた護衛騎士は、刑を言い渡されている間、神妙な顔つきで聞いていた。そして、聞き終わったあとに「大変申し訳ありませんでした」と深く頭を下げたらしい。

彼ら彼女らへの罰が正しいのか、そうではないのか私には分からない。

でも、その話を聞いたとき、私は長い長い暗闇をようやく抜けた、そんな気分になった。

私はファルトン伯爵家を継ぎたくないので、伯爵位を返上することになっている。そんな私を、ターチェ伯爵夫妻は養子にしてくださるそうだ。

夫人にぎゅっと抱きしめられて「可愛い娘が2人に増えたわ」と言われたとき、私は嬉しさのあまり号泣してしまった。

幸せすぎて、まるで夢を見ているみたい。


私が物思いに耽《ふけ》っている間に、医師は荷物を片づけていた。

「では、お大事に」

医師が部屋から出ていくと、リオ様が私の右手に触れた。

「ケガが治りましたね」

「はい」

「あなたにケガをさせてしまい、本当にすみませんでした」

「あれは、リオ様のせいじゃないですよ。それに……ちゃんと責任を取ってもらいましたから」

「それだけじゃない、あなたを避けていたこともすみませんでした」

リオ様は、私の手を優しく握った。

「全ての準備が整ったので、これから少し俺に付き合ってもらえませんか？」

「はい？」

よく分からないまま、私はリオ様に手を引かれて歩いた。向かった先は庭園だった。ターチェ伯爵家の庭園は、手入れが行き届いていていつも花が咲き乱れている。

この庭園をリオ様にお姫様抱っこされながら散歩したこともあったっけ。

あのときは、恥ずかしくて仕方なかった。

リオ様の目的地は、屋外休憩所《ガゼボ》だった。ガゼボは、色とりどりの花やリボンで飾られている。

「わぁ、綺麗……」

これを見せたかったのかしら？　と思っていると、リオ様が急に片膝をついた。

「リオ様？」

紫色の瞳が怖いくらい真剣に、私を見つめている。

「セレナ嬢、愛しています！　俺と結婚してください！」

それは、つい先日聞いた愛の言葉。

「準備が整ったって、もしかして……」

リオ様は、照れながら頷く。

「あなたのケガが治ったら、ここでこういう風に思いを告げようと準備していたんです」

「そうだったのですね」

それを待てずに、私のほうから告白してしまったのね。でも、後悔はしていない。

立ち上がったリオ様は、「返事を聞かせてくれますか？」と聞いてくる。

「知っているのに？」

「もう一度、あなたの口から聞きたいんです」

あらためて言うのは、なんだか照れてしまう。

「私も……リオ様を愛しています」

嬉しそうに微笑んだリオ様は、ポケットから小さな小箱を取り出した。パカッと開けると中には指輪が入っていた。

リング部分の銀細工はまるでレースのように細かく、中心にある紫色の宝石は、リオ様の瞳のようにキラキラと輝いている。

「あなたのために準備しました。受け取っていただけますか？」

「はい」

その指輪、サイズが合わないと思うけど……。

私が苦笑していると、リオ様が私の左手の薬指に指輪をはめてくれた。

「え？」

はめられた指輪は、なぜか私の指にぴったりだった。

「サイズがぴったりなんですけど⁉」

驚く私にリオ様は、「ああ、前に指をからめて手を繋いだことがあったじゃないですか？

だから、大体のサイズは分かっていました」とわけの分からないことを言う。

あの一瞬でサイズが分かったって、どういうことなの⁉

「えっと……。リオ様って本当に不思議な方ですね」

すごいのかすごくないのか、よく分からない。だから、リオ様の側にいるととっても楽しいわ。

「これからは、セレナって呼んでいいですか？」

「はい」

「じゃあ、俺のことはリオと呼んでください」

「えっ、急にそんな……」

「無理強いはしない、けど、いつか呼んでもらえたら嬉しい」

リオ様が私を抱きかかえた。

「きゃあ⁉」

私は慌ててリオ様の首に両腕を回す。

「セレナ、あなたに出会えて俺は幸せだ」

「わ、私も……」

自然とお互いの顔が近づいていく。唇を重ねるとなんだか不思議な感触だった。

幸せすぎて頭がクラクラする。

「セレナ」

もう一度、顔を近づけてくるリオ様。

「リオ様、これ以上は……歩けなくなるのでやめてください」

「大丈夫、俺がセレナを抱きかかえて歩くから」

そういう問題じゃないのだけど……。

ニコニコしているリオ様を見ていると『あれ？　そういう問題なのかしら？』と思えてくる。

「えっと、では、もう一度だけ……」

その一度が二度になり三度になり、やめどきが分からなくなっていた頃、エディ様がリオ様を探しに来てくれた。

「リオ！　うまくいったかぁ？　って、わぁああ!?　悪い！」

エディ様の後ろからコニーが顔を出す。

「師匠、少しは空気読んだほうがいいですよ」

「おまえにだけは言われたくない！」

ホッと胸を撫で下ろした私の耳元で、リオ様は「続きはバルゴアで。結婚式を挙げてから」

とささやいた。

第八章　王都でのお披露目パーティー、そしてバルゴア領へ

リオ様と思いが通じ合ったことをターチェ伯爵夫妻に報告すると、夫妻はとても喜んでくれた。

向かいのソファーに座っているターチェ伯爵夫人は、「じゃあ、セレナさんがバルゴアに行く前に、買い物しなくっちゃね！」と瞳を輝かせる。

私は首を傾げた。

「買い物ですか？」

「そうよ。王都からバルゴアまで、馬や馬車で移動してもひと月はかかるのよ。だから、生活に必要なものや、着替えなんかもたくさんいるでしょう？」

「ひ、ひと月も!?」

バルゴア辺境伯領が遠いことは知っていた。でも移動にひと月もかかるなんて！

それだけ遠いのなら、実際にバルゴアに行ったことがある人はどれくらいいるのかしら？

王都での悪口は、バルゴア領のことをよく知らない人たちが、強く豊かなバルゴア領に嫉妬しているだけなのかもしれない。

私の隣に座っているリオ様が「セレナの買い物なら俺が……」と言うと、夫人が「あら、私の娘との残り少ない時間を奪う気？」と口元に笑みを浮かべる。

「叔母さん、でも——」

引き下がらないリオ様を夫人は睨みつけた。

「聞いたわよ、リオ。あなた、セレナさんを避けていたんですってね？　セレナさんは優しいから許してくれたみたいだけど、私はまだ許していないわよ」

夫人の声は低く冷たい。

「すみません……」

「反省しているなら、王都にいる間はセレナさんを私に譲りなさい。リオはバルゴアに帰ったら、ずっとセレナさんと一緒にいられるんだからそれくらいいいでしょう？」

「いや、でも……」

夫人のため息が聞こえる。

「リオに避けられて、セレナさんはどれほどつらかったでしょうね。そのつらさ、同じくらいあなたも味わうべきじゃない？」

「うっ」

私がリオ様をかばおうとすると、夫人の隣でターチェ伯爵が『静かに』と人差し指を立ててウィンクする。

よく分からないけど、今は黙っていたほうがいいみたい。

私の隣からリオ様のため息が聞こえてきた。

「分かりました。セレナとの買い物は叔母さんに譲ります。でも、買い物だけですからね？」

「はいはい、じゃあセレナさんは、私と一緒に買い物に行きましょうねぇ」

戸惑う私の手を、夫人は優しく引いてくれる。

「あ、リオ。私たちは夜まで帰ってこないから、夕飯はエディと食べなさいね」

「はい。叔父さんも、どこかに行くんですか？」

「一緒に買い物に行くに決まっているでしょう？　私たちはセレナさんの保護者なんだから」

「リオくん、悪いね」

ターチェ伯爵は申し訳なさそうな顔をリオ様に向けた。

「そんなぁセレナ……」

そう呟いたリオ様は、捨てられた子犬のような目をしている。一緒に連れて行ってあげたいけど、この買い物には何か事情がありそう。

私はリオ様のすがるような瞳を振り切り、ターチェ夫妻と共にその場をあとにした。

３人で馬車に乗り込んだあとに、私は夫人に質問する。

「どうしてリオ様を置いて行くのですか？」

ふふっと夫人は忍び笑った。

「セレナさんを避けていたらしいから、ちょっとした仕返しよ。あと、リオに内緒で結婚式の準備をしたくてね」

「結婚式ですか？」

リオ様は、結婚式はバルゴアですると言っていた。

「もちろん、本当の結婚式はバルゴアで盛大にするわよ。私たちも式の日取りが決まったら、バルゴアまで行って参加させてもらうわ。でも、私たち以外はバルゴアまでは行けないから」

私はターチェ伯爵家でお世話になった人たちを思い浮かべた。

メイド長や若いメイドたち。それに、毎日美味しい料理を作ってくれた料理人。

「みんな、あなたたちをお祝いしたいけどできないからガッカリしていてね。だったら、うちでもやっちゃいましょうって話になって。お祝い事は何度やってもよいでしょう？　それに……」

夫人は、急に意地悪い笑みを浮かべる。

「いくら相手のことを想っての行動だとしても、隠し事をされたら不安になっちゃう気持ち、リオにも分かってほしいの。協力してくれる？」

要するに夫人は、リオ様に内緒で結婚式の準備をして驚かせたいらしい。あと、もう二度と私を不安にさせるような行動をするなとも言いたいみたい。

「そういうことでしたら」

私が同意すると、夫人は満面の笑みを浮かべる。

「これから忙しくなるわよぉ」

夫人の言葉通り、その日から3人でよく出かけるようになった。旅行に必要なものを買うことが多かったけど、時にはワンピースやドレスを買いに行ったり、アクセサリーを買いに行ったりもした。

お金は全てターチェ伯爵が払ってくれている。

最初は申し訳ない気持ちでいっぱいだったけど、買い物中の夫人の言葉で私は考えを改めた。

「こんなに楽しい買い物は久しぶりよ。やっぱり買い物は娘とするに限るわね。ありがとう、セレナ。あ、セレナって呼んでもいいかしら？」

その言葉に勇気をもらった私は、ターチェ伯爵夫人を思い切って「はい……お、お母様」と呼んでみた。

夫人が驚いた顔をしたので、私はやってしまったと後悔する。

「す、すみません。呼んでいいとも言われていないのに私……」

勝手に呼んでしまった。馴れ馴れしいと思われていたらどうしよう。

私が俯いていると、夫人は私を優しく抱きしめてくれた。

「謝らなくていいのよ。そう呼んでもらえて、私はとっても嬉しいわ。あなたのお母様は素敵な方だったのでしょう？　だから、私のことをお母様と呼ぶのは、つらいのかと思っていたの」

「そんなことは……」

「なかったのね。じゃあ、これからはお母様と呼んでね！　それ以外は返事しないわよ？」

イタズラっぽく微笑みかけられて、胸がじんわりと温かくなる。

すぐ側で咳払いが聞こえた。顔を上げると、ターチェ伯爵が自身のヒゲを触っている。

「では、私はお父様だね」

「あら、あなたも呼んでほしかったの？」

「そりゃまぁね」

ターチェ伯爵が私に期待を込めた瞳を向けた。空気を呼んだ私は「……お、お父様」と呟く。

「なんだい、セレナ」

温かい瞳に、優しい笑み。本当の父には決して向けられることがなかった愛情を、ターチェ伯爵からはたしかに感じた。

途端に目頭が熱くなる。

「どうしたんだい？　買い物に疲れてしまったのかな？」

「あら、だったら、今日はもう帰ったほうがいいかしら？」

戸惑う夫妻に私は首を振った。

「う、嬉しくて……」

ボロボロと涙がこぼれてしまう。

「お父様とお母様の娘になれて、私は本当に幸せです」

新しいお母様が、私の頭を撫でてくれた。

「セレナ、こんなことで泣いていたらダメよ。あなたはこれから、もっともっと幸せになるんだから」

「は、はい、お母様……大好きです」

感謝の気持ちと共に言葉が溢れる。

お母様は、私をぎゅうっと抱きしめてくれた。

「あーん、あなた、どうしましょう！」

「どうしたんだい？」

「セレナが可愛すぎて、嫁に行かせたくないわ！　バルゴアなんて遠すぎて、なかなか会えないんだもの！」

「私も同じ気持ちだよ。リオくんは社交界シーズン中ずっと王都にいる予定で来ていたから、すぐにバルゴアに帰らなくてもいいんじゃないかな？」

「そうよね⁉」

嬉しそうなお母様の言葉を聞きながら、私はまた泣いてしまった。

私がお嫁に行くことを寂しがってくれる人たちがいるなんて……。

今が幸せすぎて、これ以上の幸せなんて想像できない。

優しいお父様とお母様は、私にたくさんのものを買い与えてくれた。贈り物はもちろん嬉しいけど、それ以上に、私に何か買ってあげたいと思ってくれる2人の気持ちがとても嬉しかった。

◆◇◆◇◆

数週間後。

私の部屋を訪れたリオ様は、なんだかげっそりしていた。

「大丈夫ですか⁉」

「セレナ……」

リオ様は私を抱きしめると、耳元で力なくささやく。

「愛する人に会いたくても会えないって、こんなにつらいんだな」

その声は今にも泣きだしそう。

そういえば買い物と結婚式の準備で忙しく、リオ様に会えない日が続いていた。

「俺はあなたが会いに来てくれても逃げて……あのときのことは、本当に申し訳なく思っている」

「もういいですよ」

広い背中をさすると「ううっ」と後悔をにじませた声がする。

「叔母さんにも謝ってきた」

「許してもらえましたか？」

「なんとか」

青い顔のリオ様は、またお説教されていたのかもしれない。

「セレナ」

紫色の綺麗な瞳が私を見つめている。

「いつバルゴアに帰ろうか？」

「……あっ」

今は、リオ様に内緒で結婚式の準備を進めていた。あと少しで準備が整う。

「あの、もう少しだけここにいたいです」

「構わない。セレナが好きなだけ王都にいよう。でも、長くて秋までだな。冬の野宿は俺でも厳しいから」

「野宿……そういえば、バルゴアまでひと月かかるのですよね？」

「ああ、でも、セレナは心配しなくていい。長距離移動用の馬車を持ってきているから。コニーと一緒にそれを使ってくれ。エディが馬車を走らせるから俺は馬で行く」

そんな馬車があるなんて聞いたこともない。リオ様が言うには、馬車内が広く作られていて、2人くらいなら足を伸ばして寝ることができるらしい。

「山を突っ切ったらもっと早く着くんだけどな。馬車が通れる道を選んで迂回《うかい》するからひと月もかかってしまうんだ」

「そうなのですね……」

本当に知らないことばかりだわ。

リオ様の大きな手が私の頬に触れた。

「見知らぬ土地に行くことは不安だろうけど、必ず俺が守るから」

「え？」

真剣な眼差しのリオ様を見て、私は驚いてしまった。

「不安はたしかにありますけど、それよりもリオ様が育ったのはどんな所だろうとか、リオ様のご家族はどんな方かしらと思うとワクワクしてしまっています」

「セレナ……」

頬を赤くしたリオ様が「やっぱり今すぐバルゴアに帰ろう！」と言いだしたので丁重にお断りした。

その次の日。ターチェ家に運ばれた大量のウエディングドレスを眺めながら、お母様はため息をついた。

「本当はオーダーメイドにしたかったんだけど、日にちがないから仕方ないわね。既製品の中から一番セレナに似合うものを選びましょう」

お母様と一緒に所狭しと並べられたドレスを見ていく。どれも素敵で私には選べそうもない。

お母様は真剣な表情をしていた。

「綺麗系でいくか、可愛い系でいくか……セレナはなんでも似合ってしまうから悩ましいわぁ」

「オーレリアお姉様のときは、どうされたのですか？」

「ああ、あの子ね。ほんわかした見た目なのに、自分の意見をズバズバ言う子だから、ドレスもアクセサリーもお婿さんと2人でさっさと決めちゃったのよ。私には少しも関わらせてくれなかったわ。まぁ2人が幸せそうだったからいいけど」

そう言うお母様の表情はとても温かい。オーレリアお姉様への愛情深さが窺える。

「そうだわ、セレナ。いつか隣国に行くことがあったらオーレリアに会ってあげてね。あの子、昔から兄弟が欲しいって言っていたの。手紙でセレナが妹になったことを伝えたら大喜びしていたわ」

「はい、私もお姉様に会ってみたいです」

きっと素敵な女性に違いない。

お母様は、悩みに悩んだ末に、私にレースで作られたウエディングドレスを選んでくれた。ドレスに使われているレースはとても繊細な作りで両肩が出ていても上品に見える。腰から下はぴったりとしたラインのスカートだったけど、その上から透け感のあるシフォン生地スカートが巻かれていて優雅なのにどこか可愛らしい。

「こんなに素敵なドレス、初めて見ました」

「ふふっ綺麗で可愛くてあなたみたいなドレスでしょう？」

お母様には私がこんな素敵なドレスが似合う人に見えているなんて。そのことに驚いてしまう。

ドレスが素敵すぎて、私に着こなせるかしらと少しだけ不安だったけど、結婚式の当日、メイドたちが私を磨きに磨いてまた魔法をかけてくれた。

全身鏡には、純白のウエディングドレスを身にまとった私が映っている。ゆるく編んだ髪を花で飾りサイドに流していて、可愛いのにどこか大人っぽい。

髪を結ってくれたメイドが「奥様から可愛いと綺麗の両方でと指示があったのですが、どうでしょうか？」と緊張した顔で聞いてくれる。

「とっても素敵よ。私じゃないみたい」

ホッとしたメイドは嬉しそうに微笑んだ。

その横で、コニーが瞳をキラキラと輝かせている。

「セレナお嬢様！　とっても、とぉおおっても素敵です！　もうっもう女神様みたい！」

今日のコニーは、白いワンピースを着て頭には白い花で作られた花冠をつけていた。

「ありがとう。コニーもとっても素敵よ。妖精さんみたいだわ」

「へへっ」

コニーと微笑み合ったあと、私は部屋の隅で居心地悪そうにしているアレッタに声をかけた。

アレッタは、元異母妹マリンの専属メイドだったけど、今は私の専属メイドになってもらっている。

コニーと同じく白いワンピースを着たアレッタは、ソワソワしていた。

「アレッタ、大丈夫？」

「セ、セレナお嬢様……私、こんなに可愛い服、似合いません」

アレッタの瞳には涙がにじんでいる。

そういえば、マリンの付き添いで社交界に参加しているときのアレッタは、いつも地味なドレスを着せられていた。故郷のことが心配だったのか、表情はもっと暗かったような気がする。

でも今は違う。ターチェ伯爵家のメイドたちにお化粧してもらい、髪を結ってもらったアレッタはとても綺麗だった。

私はアレッタの肩に手を置くと、全身鏡の前に立ってもらう。

「心配な気持ち分かるわ。私もそうだったから」

「セレナお嬢様も？」

「そう、でも見て。鏡に映っているあなたはとっても綺麗だわ」

おずおずと鏡を見たアレッタは驚きで目を見開いた。私たちの髪を結ってくれたメイドが、アレッタの頭に花冠をつけてくれる。それを見たアレッタの瞳がキラキラと輝きだした。

「まるで自分じゃないみたいでしょう？　ターチェ伯爵家のメイドたちは魔法が使えるの。だから心配しなくていいわ。自分に自信がなくても魔法の力を信じましょう」

「……はい」

コクリと頷いたアレッタは、頬を赤くして嬉しそうに口元をゆるめる。コニーがそんなアレッタの背中をバシンと叩いた。

「アレッタ、セレナお嬢様の専属メイドは任せた！　ここのメイドたちはバルゴアまでついて来ないからな！　あたしは護衛騎士になってお嬢様を守るから、アレッタはメイドとしてお嬢様を守るんだぞ！」

先輩風を吹かしているコニーがすごく可愛い。アレッタはコニーより年上なのに、少しも嫌がることなく「はい！　コニー先輩！」と真面目に返事をしている。

この３人でなら、バルゴア領でも楽しく過ごせそうね。

コニーとアレッタには、私が会場に入るときに長いベールの裾を持ってくれるベールガールをお願いしていた。

その役目を気に入ったコニーは、とても張り切ってくれている。

「セレナお嬢様、ベールは会場に入る直前につけるそうですよ！　料理もすごいごちそうがたくさん出るって聞きました！」

「楽しみね」

「はい！　素敵な結婚式になりますね！」

「それが、正確には結婚式ではないらしいのよ……」

「そうなんですか!?」

驚くコニーに、私はお母様から聞いたことを伝えた。

この国では、神殿から派遣された神官の前で神に永遠の愛を誓うことを結婚式と言うらしい。でも神に誓うのは、離婚でもしない限り一度きり。だから、正式な結婚式はバルゴア領で挙げることになる。

その代わり、ターチェ家では花嫁のお披露目《ひろめ》パーティーというものをするとのこと。

招待客はターチェ伯爵家に勤める人たちと、ファルトン伯爵家に勤めていたけど私をかばったことで父に強制的にクビにされてしまった使用人たち。

彼らはクビにされたあとも、私のことをずっと心配してくれていたらしい。だから、私が昔から父に冷遇されていたことをしっかり証言してくれた。

お母様は「本当ならセレナさんを悪く言っていた奴らも招待して、あなた本来の美しさで黙らせてやりたかったんだけどね」と少しだけ残念そうだった。

「でも、そんなことをするより、リオとセレナの結婚を心から祝福したい人だけを集めたほうがいいと思ったの」

「お母様……」

「だから、お披露目パーティーは気楽に楽しんでね。あっ、でも、私の仲がよいお友達は呼んだの。彼女たちがセレナの本当の姿を社交界で広めてくれるわ」

パチンとウィンクするお母様。

そういうわけで、このお披露目パーティーは、それほど緊張しなくていいみたい。

自室の扉がノックされた。

対応したメイドが「リオ様が来られました」と私に告げる。

それを聞いたコニーとアレッタは「では、先に会場に行っていますね」と部屋から出ていった。

入れ替わりにリオ様が入ってくる。気がつけば、あれだけたくさんいたメイドたちが一人もいない。さすがターチェ家のメイド、気を利かせてリオ様と私を2人きりにしてくれたのね。

白いタキシードに身を包んだリオ様はとても素敵だった。中に着ているベストとそでのカフスボタンが私の瞳と一緒の水色で揃えられている。

今日まで何も知らされていなかったリオ様は、驚きの表情で固まっていた。

笑うのをこらえながら、私はリオ様に話しかけた。

「リオ様、とても素敵です」

ハッとなるリオ様。

「セレナも……いや、セレナが美しすぎて……言葉にならない」

「ありがとうございます」

お礼を言うと、リオ様の頬が赤く染まっていく。

「う、直視できない」

「なんですか、それ」

クスクス笑っていると、顔をそらしていたリオ様の視線が戻ってくる。

「今の状況がいまいち分かっていないが、今から王都で結婚式をする、で合っているのだろうか？」

「正解ですけど、正確にはターチェ家で私たちのお披露目パーティーを開いてくださるそうです。仲のよい方しか呼んでいないらしいので緊張しなくていいとのことです」

リオ様はハァとため息をついた。

「こんなに綺麗なセレナが隣にいて、緊張しないなんて無理だ！」

「では、離れておきましょうか？」

半分冗談、半分本気でそう言うと、リオ様は私の手を掴んだ。

「まさか！ こんなに綺麗に着飾ったあなたを一人になんてできない。危なすぎる！」

「危ないことなんて起こりませんよ？」

「いいから、パーティー中は絶対に俺の側を離れないように！」

リオ様の指が私の指にからまる。

コホンと咳払いしたリオ様は顔だけではなく、首まで真っ赤になっていた。

「はい、分かりました」

しっかりと手を繋いだまま、パーティー会場へと向かう。

パーティー会場は花が咲き乱れる庭園だった。青い空は澄み渡り、木々の緑がキラキラと輝いている。

待っていましたとばかりに、メイドが私の頭にベールをつけてくれた。長いベールの裾はコニーとアレッタが持ってくれている。

飾り付けがされたアーチをリオ様とくぐると、辺りは拍手に包まれた。

「おめでとうございます、セレナ様！」

「おめでとうございます！」

祝福の言葉が雨のように降り注ぐ。

地面にはレッドカーペットの代わりに、白い花びらが敷き詰められていた。

花びらでできた道をリオ様と並んでゆっくり歩いていく。その両端では、お祝いに駆けつけてくれた人たちが惜しみない拍手を送ってくれた。

進んだその先には、ターチェ伯爵であるお父様とお母様が待っていた。

お父様がリオ様の肩に触れる。

「おめでとう。リオくん」

「ありがとうございます、叔父さん」

お母様が私の肩にそっと手を置いた。

「とても綺麗よ、セレナ」

「お母様……ありがとうございます」

「さぁ、みんなにご挨拶しましょう」

「はい」

参列者に向き直ると、懐かしい顔がたくさん見えた。何人かは「セレナお嬢様、よかった」と呟きながら涙を流してくれている。

お父様が参列者に語りかけた。

「ここにいるリオ＝バルゴアと、私たちの娘であるセレナ＝ターチェはこれからの人生を共に歩むと決めました。どうか温かい目で見守ってあげてください」

ワァッと歓声が上がった。割れんばかりの拍手に包まれる。

参列者から少し離れたところに待機しているエディ様が「キスしろー」と冗談を言った。

「ふふっエディ様ったら」

「エディもたまにはいいこと言うな」

「え？」

リオ様が繋いでいた手を離したかと思ったら、私の腰に手を回してぐっと引き寄せた。私たちの唇が重なると、またワァッと歓声が上がる。

恥ずかしさと嬉しい気持ちが同時に湧き起こり、私はしばらく顔を上げることができなかった。

そのあとは、立食パーティーになった。テーブルの上には、たくさんのごちそうが並んでいる。お父様やお母様の招待客は、別の会場にテーブルが用意されていた。

このお披露目パーティーの参列者は平民が多い。だから、お互いが嫌な気持ちにならず楽しめるように細心の注意を払ってくれているのが分かった。そんなお父様とお母様の心遣いがとても嬉しい。

リオ様と私のために用意されたテーブルにつくと、私はようやく一息つけた。お母様は緊張しなくていいと言ってくれていたけど、それはムリな話。

ベールを外した私は、コニーとアレッタに「ありがとう。あとは自由にパーティーを楽しんでね」と伝えた。

「はい！」

コニーがしっかりしたお姉さんのようにアレッタを引っ張っていく。

「アレッタ、これ美味しそう！」

「わぁ、本当ですね！　セレナお嬢様にも食べていただきたいです」

自由に楽しんでと伝えたのに、２人はせっせと美味しそうな料理をお皿に取っては私たちのテーブルに運んでくれた。

その様子を見たリオ様が「俺の分はないのか？」と笑う。

「リオ様、一緒に食べましょう」

「ああ」

そうしている間も、たくさんの人が私たちの元に来てお祝いの言葉をかけてくれた。

元ファルトン家に勤めていた使用人たちは「今まで何もできず、すみませんでした」と頭を下げる。

「それを言うのは私のほうよ。あなたたちを辞めさせようとする父を止めることができなかったのだから。証言してくれてありがとう。とても助かったわ」

「セレナお嬢様……。どうか、どうかお幸せに」

使用人たちは、また深く頭を下げた。

次に来たのはターチェ家の若いメイドたちだった。

「短い間でしたけど、お嬢様にお仕えできて本当に幸せでした」

「私たちに、たくさん経験を積ませてくださり、ありがとうございます」

「ご不便もあったでしょうに、お嬢様はいつもニコニコしてお礼を言ってくださって……」

メイドの瞳にじわっと涙がにじんだ。隣にいたメイドが慌てている。

「あっ、今日は泣かないって、みんなで決めたでしょう⁉」

「だって、だって……セレナお嬢様にもう会えないなんて……そんなの」

他のメイドたちの瞳にも涙がにじむ。

「つ、次にお嬢様が王都に来られたときは、私たちは一流のメイドになっています」

「だから、絶対にまた私たちを側に置いてくださいね」

メイドたちは泣きながら「おめでとうございます」と言ってくれた。

それを見たリオ様が「セレナは愛されているなぁ」と私の耳元でささやく。

次に私たちのテーブルに来たのは、貴族のご婦人方だった。

あとからご挨拶に向かおうと思っていたけど、わざわざ別の会場からここまで来てくれたみたい。

彼女たちは、すっかり変わった私を興味深く見たあと「バルゴア令息がセレナ様を選んだことに納得したわ。誰よ、こんな可憐なご令嬢を社交界の毒婦なんて言い出したのは」と言ってくれた。

それを聞いたお母様が、満足そうに微笑んでいる。

楽しい時間は、あっという間に終わってしまった。

パーティー会場をあとにしても、リオ様は私の手を握ったままだ。

そういえば、前に可愛がっていた山猫がどこかへ行ってしまったと言っていたわ。だから、ケガが治ったら私もどこかに行くのではと思い不安だったと。

私はリオ様の手をぐいっと引っ張った。驚いて振り返るリオ様。

「私はリオ様の側を決して離れません」

「セレナ……」

背伸びした私は、嬉しそうに微笑むリオ様の耳元でささやいた。

「たとえ嫌がられても、もう一生離れてあげません。覚悟してくださいね」

そのあとの私は、真っ赤になったリオ様にぎゅうぎゅうと苦しいくらいに抱きしめられた。

◆◇◆◇◆

【リオ視点】

——たとえ嫌がられても、もう一生離れてあげません。覚悟してくださいねお披露目パーティーでセレナが言ってくれた言葉は俺の胸に刺さり、今も甘い痛みを与え続けている。

「はぁ……セレナはなんて愛らしいんだ」

あらためて口にすると、セレナへの愛おしさが溢れてしまい、俺はソファーの上に置いてあるクッションをバンバンと叩いた。

向かいのソファーにだらしなく座るエディは、なぜか遠い目をしている。最近のエディは、ずっとこんな顔をしているような気がする。

「なぁエディ、お披露目パーティーのときのセレナ美しかったよな！　いや、セレナはいつでも美しいけど、あのときはもう、あまりの輝きに俺の目がつぶれるかと思った」

「へぇ……」

それだけじゃない。セレナはなんというか、無意識に男心をくすぐるような言動をすることがある。

指をからめて手を繋いできたときとか、もう一生離れてあげません宣言とか。

今まで一切恋愛経験のない俺には、正直、刺激が強すぎる。

「つらい！　セレナが可愛いすぎてつらい！」

「……俺は、毎日聞かされる幼馴染ののろけが、だいぶつらくなってきたところだ」

エディの視線はあらぬ方向に飛んでいる。その声は激しい鍛錬のあとより疲れていた。いや、疲れているというより、もはや弱っていた。

のろけとは、こんなに人にダメージを与えるものなのか。

「悪かった、エディ。これからは気をつける」

バシバシ叩いていたクッションをひとまず横に置き、俺は姿勢を正した。ため息をついたエディは「ほらよ」と俺に手紙を渡す。手紙の差出人は父だった。

「リオの嫁探しが成功したこと、俺から報告しておいたぞ」

「あっ！」

セレナと両想いになれて舞い上がり、父に報告するのをすっかり忘れていた。

手紙の封を切り目を通す。内容は簡潔で『よくやった。お前が選んだ人に会うのが楽しみだ』と書かれていた。

エディにも手紙を見せると「親父さんらしい手紙だなぁ」と笑う。

「どうする、リオ？」

当初予定していた王都の滞在期間よりだいぶ短いが、最愛のセレナに出会った今、もう王都にいる理由はない。

「そうだな、バルゴアに帰るか……いや、待てよ」

少し前セレナに『いつバルゴアに帰ろうか？』と尋ねたら『もう少しだけここにいたいです』という返事だった。

もう少しっていつまでだろうか？

俺は用がなくても、セレナにとって王都は長年暮らした場所だ。実家ではつらい目にあわされていたが、いざ離れるとなったら名残《なごり》惜しいかもしれない。そんな彼女を無理やり連れ去るわけにはいかない。

「一度、セレナに相談してくる。それから決めよう」

叔母さんにも『リオは何か悩んだら、まずセレナに相談しなさい！』と言われている。

「リオ、立派になって」

シクシクとわざとらしく泣き真似をするエディ。

「ああ、俺はセレナのおかげで少しだけ成長できたんだ」

エディに笑いかけると「嫌味も通じないのろけっぷり！」と呆れられてしまった。

これものろけになるのか。のろけないようにするのは難しいな。

そんなことを考えながら、セレナの部屋へと向かう。

そういえば、バルゴアに帰ったらセレナの部屋はどうするんだろうか？　俺の部屋にセレナが一緒に住むのか？

ふと思い浮かべた自室は、お気に入りの剣や鎧が並び殺伐《さつばつ》としている。しかも、エディと一緒に初めて仕留めたクマの毛皮を記念に床に敷いてしまっていた。壁には鹿の角《つの》まで飾っている。

前に用事があって俺の部屋に入ってきた妹には、ジトッとした目で「お兄様……趣味が悪い」と言われた。

あのときは「そうか？」で終わった。だが、妹の感想は一般的な女性の感想で、俺の部屋を見たセレナも同じ感想を持ったら？

「ダ、ダメだ！」

セレナに視線をそらされて『リオ様のご趣味って、ちょっと……』とか言われた日には立ち直れない。誰に何を言われても気にならないが、セレナの言葉だけはものすごく気になってしまう。

バルゴアに帰ったら、セレナの好みを聞いて新しく俺たち用の部屋を作ろう。それがいい。

俺がセレナの部屋の扉をノックすると、すぐにメイドが出迎え、中に案内してくれる。

ターチェ伯爵家内のセレナの部屋は、白を基調にしていてとても上品だった。元は客室だったけど、今はセレナの部屋になっている。部屋の中はターチェ伯爵夫妻からの贈り物で溢れていた。

「リオ様」

笑顔で出迎えてくれたセレナ。

「どうされましたか？」

座るように勧めてくれたソファーには、見慣れない猫のぬいぐるみが置いてあった。

「これは？」と尋ねると、セレナは恥ずかしそうに視線をそらす。

「あっそれは……一目惚れして……。子供っぽくてすみません」

頬だけでなく耳まで赤くなっているセレナが可愛すぎる。

「ずるい！」

「え⁉」

驚くセレナに俺は必死に訴えた。

「俺も叔父さんや叔母さんのように、セレナに贈り物をしたい！」

欲しいものを買ってあげて、満面の笑みのセレナに『ありがとうございます、リオ様』とか言われたい。

困った様子のセレナは「もうたくさん買っていただいたので、必要ありません」と寂しいことを言う。

「それに」

セレナは左手を見せた。その薬指には俺が贈った指輪が輝いている。

「リオ様から欲しかったものは、もういただいていますので」

こういうところだ。セレナのこういうところが本当に愛おしい。

抱きしめたい気持ちをグッとこらえて、俺はソファーに腰をおろした。すると、セレナが俺の隣に座ってくれる。

自然とセレナとの距離が近くなっていることが嬉しい。幸せを噛みしめていると、セレナが言葉を待つように俺を見ていた。

「セレナ、バルゴアに帰る時期だが……」

いつがいい？

そう聞く前にセレナは「はい、いつでもいいですよ」と答えた。

「でも、前は待ってほしいと」

「あれは、リオ様に内緒で準備していたお披露目パーティーが終わるのを待っていてほしかったからです」

「そうだったのか。バルゴアから王都は遠い。一度行けば、なかなか戻ってこられない。最後にどこか行きたい所はないか？」

「あ、でしたら……」

セレナが行きたいと言った場所は、街外れにある教会だった。

2人で馬車に乗り、たどり着いた教会はだいぶ古かった。壁のレンガが所々はげ落ち修復されたあとがある。

教会の裏手には、たくさんの墓石が等間隔に並んでいた。

墓地の芝生は綺麗に刈られていて、墓の管理が行き届いている。

「こっちです。リオ様」

真っ白な花束を持ったセレナは、ある墓石の前で立ち止まった。

「ここに母が眠っています」

セレナは墓石に花を供える。

「お母様、セレナです。長い間来られなくてごめんなさい」

実の父に別邸に閉じ込められていたセレナは、墓参りもできなかったようだ。そう思うと、やっぱりあの男は俺の手で始末したかったと殺意が湧く。

俺の腕にセレナが触れた。

「お母様、こちらの方はリオ様です。私、大好きな人に出会えました。この方と結婚します。王都から出ていってしまいますが、私はとても幸せなので心配しないでくださいね」

俺はセレナの肩を抱き寄せた。

「必ずセレナを幸せにします」

墓石にそう誓うと、セレナは「もう十分幸せですよ」と笑う。

「リオ様。おじい様にも、ご挨拶していいですか？」

「ああ」

2人揃ってセレナの祖父の墓石に向かう。

セレナにとって祖父は、よくも悪くもない人だったそうだ。可愛がってもらった記憶はないが、憎まれてもいなかった。

「今になって思えば、おじい様は、とても貴族らしい方だったのだと思います。私の母には伯爵夫人にふさわしいように、私は伯爵令嬢として恥ずかしくないようにと、たくさんのお金を使ってくださっていました。でも……」

悲しそうに笑ったセレナの髪を、風が優しく揺らしている。

「おじい様がお母様を無理やりあの家に嫁がせなければ、お母様はもっと幸せに暮らせたのではは？　と思う気持ちもあるのです」

こういうとき、なんて言えばいいのか分からない。

ファルトン伯爵家で起こった悲劇の始まりは、たしかにセレナの祖父がセレナの母を息子の嫁に望んだことがきっかけだ。でも、その悲劇こそがこうして今、俺とセレナが一緒にいることに繋がっている。

「俺は、あなたに会えたことに感謝している」

抱きしめると、セレナは何も言わず俺の背中に腕を回した。そうして抱きしめ合っているだけで、セレナの表情は和《やわ》らいでいく。これからは、ずっとこんな穏やかな表情で暮らしてほしい。

そのあとは、教会に寄って寄付金を渡した。

受け取った神父が「こ、こんなに、たくさん？」と驚いている。

これからは、ターチェ伯爵経由で俺が寄付金を送る。その代わりに、セレナの祖父と母の墓石の管理を頼んでおいた。

教会からの帰り道。馬車の中でセレナは俺に微笑みかけた。

「リオ様、もう王都に心残りはありません。行きましょう、バルゴア領へ」

そう言ったセレナの表情は晴れ晴れとしていた。

◆◇◆◇◆

素敵なお披露目パーティーから1週間後。

私たちは、バルゴアに向けて出発することになった。

お父様とお母様だけではなく、ターチェ伯爵家の使用人たちも見送りに来てくれている。

涙を浮かべながら私の両手を握る、お母様の手はとても温かい。

「セレナ。あなたともっとたくさんお喋《しゃべ》りしたかったわ。もっともっといろんなものを贈りたかった」

「もうたくさんいただきました」

「まだまだ足りないわ。仕方がないからあとはリオに任せるけど……幸せになるのよ」

「はい」

王都で買ったものは、全て荷馬車に積んでバルゴアに送ってくれるらしい。

お父様も「バルゴアでの結婚式には必ず行くからね。それまで元気で暮らすんだよ」と言ってくれた。

「はい、お父様」

名残惜しいけど、いつまでもここにいるわけにはいかない。

私はリオ様の手を取ると、長距離移動用の大きな馬車に乗り込んだ。そのあとにコニーとアレッタも続く。

3人乗っても馬車内は広々していた。これならひと月の旅でも、なんとかなりそうな気がする。

聞いていた通り、エディ様が馬車を走らせリオ様は馬でついてきた。その後ろに荷馬車、さらにその後ろを元ターチェ伯爵家の護衛をしていたバルゴアの騎士たちがついてくる。
それを見たリオ様は「王都に来たときは、俺とエディの2人だったのに、帰りは大所帯にな
ったなぁ」と笑った。

どうなることかと思っていたけど、バルゴア領までの旅はとても楽しかった。

人通りが多い街道もあれば、馬車1台分しか走れない細道もある。

馬車が進むにつれて、どんどん建物が減っていった。街道の両脇に木々が生い茂っている。

行き交う人の姿もなくなり、気がつけば私たちだけになっていた。

「今日はここで野宿だな」というリオ様の声が聞こえる。

止まった馬車の扉を開けた途端に、緑と土の香りがした。風が木の葉を揺らし、聞いたこと
のない鳥の鳴き声が辺りに響いた。

自然の中では、虫に刺されたり、木の枝や石で切り傷をつくってしまうこともあるらしい。

だから、私は馬車が山道に入ったときに、乗馬服のような動きやすい服を着てブーツを履いた。

その姿を初めて見たリオ様は黙り込む。

「おかしいですか？」

「いや……」

カァとリオ様の顔が赤くなる。

「綺麗だし、かっこいいしで、似合いすぎて困る！」

リオ様の褒め言葉は、いつもまっすぐすぎて私のほうが困ってしまう。

お互いに赤い顔をしながら見つめ合っていると、エディ様がパンパンと手を叩いた。

「はいはい！　いつまでそうしているつもりですか？　リオ、近くに湖があるから休憩もかねて釣りに行くんだろう？」

「あ、そうだった。セレナは釣りをしたことはあるか？」

「いえ」

「じゃあ、俺と一緒にやろう」

「は、はい」

今まで釣りをしたことがない私は、一から十まで全てリオ様に教えてもらった。

「釣りのエサは虫だ」

「きゃあ!?」

一瞬、視界に映ったウネウネした虫に悲鳴を上げてしまう。リオ様の慌てた声が聞こえた。

「もう大丈夫だ！　虫はいないから」

「ご、ごめんなさい。それは触れません」

涙をにじませながら謝ると、リオ様は両手で自身の顔を覆った。情けない私にがっかりしたのかもしれない。

「リオ様、ごめんなさい……」

「ち、ちがっ」

顔を隠したまま首を振るリオ様に、エディ様は呆れた視線を向けた。

「セレナ様、お気になさらず。リオはセレナ様の反応が可愛すぎて悶《もだ》えているだけですから」

「悶える……？」

顔を上げたリオ様は、「必死にこらえていたのにバラすなよ！」とエディ様を睨みつけた。その顔は赤い。

「怒ってないんですか？」

「怒るわけがない！」

ホッと胸を撫で下ろした私は、みんなが釣りをする様子を少し後ろで眺めていた。リオ様やエディ様がうまいのは分かる。でも、アレッタも上手に魚を釣り上げていた。

「すごいわ、アレッタ」

「故郷で兄と一緒に、よく釣りをしていまして……」

恥ずかしそうに俯くアレッタは、もしかしたら王都よりバルゴア領のほうが合うのかもしれない。

コニーは、食べられる木の実を見つけてきてくれた。

「お嬢様、これ甘くて美味しいですよ」

小さな赤い実を口に入れると、ほのかに甘みを感じる。

「美味しいわ」

「この実、孤児院の周りにたくさん生えていたんです。お腹が空いたときにおやつ代わりに食べていました」

「コニーもアレッタもすごいわ」

コニーは嬉しそうに笑い、釣竿《つりざお》を持ったアレッタも照れている。

コニーやアレッタだけじゃない。バルゴアに向かう道中、リオ様やエディ様、護衛騎士たちは、狩りをしてウサギや野鳥を捕まえてきた。おかげ様で、食事に困ることは一度もなかった。

そんな中、私はふと思う。

もしかして、旅の中で何もできないのって私だけ？

リオ様に相談すると「セレナは癒《いや》し担当だ」ときっぱり言い切られてしまった。

「それって、役に立ってます？」

悲しい気持ちで尋ねると、リオ様の腕の中に閉じ込められた。

「もちろんだ。今のように朝から晩まで衣食住を共にする環境下では、お互いの関係が悪化しやすいんだ」

「そうなのですか？」

「ああ、軍隊ではもめごとに発展しないように厳しい上下関係や規律がある。だが、ここにいる者たちは、セレナを守りたいという気持ちが強い。だから、明確な規律がなくとも、もめずにまとまっているんだ」

分かるような、分からないような？　リオ様の例え話は、軍関係が多いので難しい。

「私が迷惑になっていないのならいいです」

「迷惑なわけがない。セレナは自分の価値がまだ分かっていないんだな」

「私の価値？」

首を傾げる私にリオ様は笑いかける。

「まぁ、簡単に言うとセレナがいるだけで、みんなが幸せってことだ」

なんだか納得できないけど、私は頷いた。

「私はリオ様の側にいられるだけで幸せですから、それと同じということですよね？」

リオ様の頬が赤く染まっていく。

「そういうところだ。釣りができなくても、あなたには人を惹きつける魅力がある。あなた以外に次期バルゴア辺境伯夫人にふさわしい人はいない。でも、それだけが理由じゃない。俺はセレナじゃないとダメなんだ」

そっと唇が重ねられた。

「おーい、リオ。どこだ？　ってわぁあああ⁉」

慌てるエディ様の声が聞こえる。

「師匠、どうしたんですか？」とコニーの声。

「弟子とメイドは、あっちに行きなさい！」

「何か問題でも？」とアレッタの声。

「いいから！」

3人の声が遠ざかっていく。

私が「気を使わせてしまいましたね」と言うと、リオ様は「たまには俺もセレナを独占させてもらわないとな」と言いながら、もう一度唇を重ねる。

そのあとは、夕食の準備ができるまで、2人でいろんなことを話した。

子供の頃のリオ様は、信じられないことばかりしていた。崖を登ってみたり、洞窟探検していたら、巨大なクマにバッタリ出会ってしまったり。

少年のように笑いながら話すリオ様のお話をいつまでも聞いていたい。

「子供の頃のリオ様、見てみたかったです」

「今思えば俺は悪ガキだったなぁ」

「もし私がバルゴア領に生まれていたら、リオ様とお友達になれたかしら？」

子供のリオ様と一緒に野山を駆け回っている子供の私を想像してみる。

「いや、どうだろうな……。子供の頃にセレナに出会っていたら、あまりの可愛さに緊張して、俺、逃げていたかもしれない」

「大人でも逃げていましたものね」

クスッと笑うと、リオ様は「すまない」と肩を落とす。

「ふふっ冗談ですよ」

リオ様はホッとしたように胸を撫で下ろした。

「セレナの子供の頃は、どうだったんだ？」

「私は普通の子供でした」

「いや、普通なわけがない！　セレナは子供の頃から絶対に可愛かった！」

ものすごく期待に満ちた目が私に向けられている。

「そんなことありませんよ」

「いや、それはおかしい！」

「おかしいと言われましても……。そういえば、お母様はいつも『セレナは世界で一番、可愛いわ』って言ってくれてましたね」

「だろうな！　それで？」

「え、えっと」

リオ様の期待に応えたくて必死に子供の頃の記憶を探っていると、それらしい思い出にたどり着いた。

「あ、そういえば子供の頃、お母様と一緒に参加したお茶会で、男の子が私にお花をくれて」

「男の子？」

「はい、私が5歳くらいのときだと思います。たしか『君、可愛いね』って言われて……」

「うぐっ」

大きなうめき声を上げながらリオ様は、自身の左胸を押さえた。

「リオ様!?」

「だ、だだ大丈夫だ。続けてくれ」

「は、はい。それで『大きくなったら僕のお嫁さんにしてあげてもいいよ』って――」

「嫁にしてあげてもいいだと!?　なんだ、その上から目線は！」

「子供の言うことですから」

「絶対に許せん！　俺が王都に生まれていたら、そいつをボコボコに……。いや、その前に子供の俺は茶会になんか参加しないから、子供時代のセレナに会えないじゃないか！　くそっ」

ものすごく怖い顔でブツブツ言っているリオ様には、その男の子に手の甲にキスされたことは黙っておこうと思う。


あっという間に日が暮れてしまった。

辺りが暗くなると、焚火の周りに集まってみんなで食事をする。今日の夕食は、湖で釣った魚だった。串に刺された魚が焚火で焼かれ、香ばしい香りが辺りに漂っている。

「焼けたな。はい、セレナ」

リオ様が焼けた魚を私に手渡してくれた。串の部分がほんのり熱く、魚の表面には少し焦げ目がついている。

あのウネウネした虫を食べた魚なんて食べられない……なんてことは言わない。食事ができることはいつだってありがたい。

魚にかぶりつくと身はホクホクしていた。塩気がちょうどいい。

「すごく美味しいです」

「セレナは、なんでも美味しそうに食べるな」

「だって美味しいですから」

リオ様は、なぜかニコニコしながら私を見ていた。

食事を終えると、みんな焚火の周辺でそれぞれの時間を過ごす。

リオ様が「セレナ、少しいいか?」と言うので、私は馬車から降りるとリオ様についていった。

昼間に釣りをした湖のほとりに着くと、満点の星空が広がっている。

「綺麗……」

そう呟いた私に、リオ様は「下も」と指を差した。

湖に星が映り、水面にも星空が広がっている。

「わぁ」

幻想的な光景に目を奪われた。

「すごいですね!」

リオ様は星ではなく私を見ていた。

「俺は星空に感動したことはない。でも、セレナの側で見る世界は、なぜかとても輝いて見える。あなたにもっといろんな世界を見せてあげたくなる」

「リオ様……」

くしゅんとくしゃみが出てしまった。山の夜は冷える。

その場に腰を下ろしたリオ様は、私を膝の上に座らせてくれた。後ろから抱きしめてくれたので、とても暖かい。

私たちは、お互いの体温を感じながら、飽きることなくいつまでも夜空の星を眺めていた。

◆◇◆◇◆

【リオ視点】


2人で夜空を眺めているうちに、俺の腕の中でセレナが眠そうに目をこすった。とろんとした表情が可愛すぎて、一瞬で星なんてどうでもよくなる。

俺は初めてウトウトしているセレナを見た。いつもはしっかりとした印象のセレナが、あどけなく見えて胸が締めつけられる。

くっ、可愛いすぎる！

側にクッションがあったら、絶対にバンバン叩いてしまっている。

そのうち、セレナの頭が俺の腕に寄りかかった。完全に眠ってしまったようで、セレナからは小さな寝息が聞こえてくる。

俺はセレナを起こしてしまわないように、そっと抱きかかえた。

少し歩くと木の後ろにエディが控えていた。

俺が頷くと、エディは無言で右手を上げる。その指示で、俺とセレナの護衛をするために周囲に潜んでいた騎士たちが去っていく。

セレナに出会ってから、俺の父が母と妹の外出時に『やりすぎでは？』と思うくらい護衛をつける気持ちが分かってしまった。

さすがにバルゴア城内では、ここまで厳重に護衛はつけない。だが、一歩城内を出ると何が起こるか分からない。

もしセレナに何かあれば、俺は冷静ではいられなくなってしまう。

今だってセレナがケガをしたときや、病気になってしまったときのことを想像するだけで少し泣きそうになる。

俺はセレナに出会って確実に弱くなった。セレナは俺の弱点だ。だが、それだけじゃない。

これまでずっと、俺もいつか父のあとを継いでバルゴアの民を守ることになるんだろうなと思って生きてきた。だが、セレナに出会ったことで他者を守るという気持ちがより鮮明になった。

セレナがバルゴアで一緒に暮らしてくれるなら、俺はバルゴアをどこよりも平和で豊かな土地にするだろう。

それまで漠然としていた『守る』という気持ちが、セレナを通して形作られていく。

何をしたらセレナが笑ってくれるのか？

何をしたらセレナは安全に暮らせるのか？

他者の幸せを心から願うというのは、こういうことなんだろうな。俺のセレナへの思いは、そのまま民の暮らしに繋げることができる。

何をしたらバルゴアの民が笑って安全に暮らせるのか、これからは、それを考えていかなければならない。

そして、叔母さんにも言われたが「悩んだら、まずセレナの意見を聞きなさい」ということ。自分勝手な思い込みで行動してはいけない。よい領主は、きっと民の意見も聞くんだろうな。

俺はセレナに出会ったことで弱点ができてしまったが、それを補えるくらい成長できたと思う。セレナがいない人生なんてもう考えられない。だから、俺がセレナに過保護になってしまうのは仕方がない。

セレナには好きなことをして自由に生きてほしいと心から願っている。だが、セレナの障害になるものは、少しでも取り除いてやりたい。

ダメだ。誰がどう見ても過保護だ……。

妹が過保護な父を迷惑そうにしているのを見たことがある。俺がセレナにあんな態度を取られたらどうしたらいいんだ。

セレナに迷惑そうな顔を向けられて冷たく『リオ様、もう私のことはそっとしておいてください』とでも言われたら……。

「うっ」

想像のセレナの言葉に、瀕死《ひんし》のダメージを食らってしまう。

抱きかかえていたセレナが身じろぎしたので、俺は我に返った。

そうだ、悩むことがあったら勝手に決めずセレナに相談するんだった。セレナにどこまで過保護にしていいのか確認を取ろう。

馬車まで戻ると、コニーが馬車前で待っていた。

眠っているセレナに気がつき、馬車の扉を開けてくれる。馬車内ではセレナの専属メイドのアレッタが眠っていた。

コニーは先にメイドを眠らせて、自分だけセレナの帰りを待っていたようだ。コニーのセレナへの忠誠心は誰よりも強い。騎士の素質が十分にある。エディの元で数年学べば、よい護衛騎士になるだろう。

俺は慎重に馬車内にセレナを下ろした。

その途端にセレナが「……ん、リオ様……」と呟いた。起こしてしまったのかと慌てたが、すぐに穏やかな呼吸音に戻り安心する。

馬車から出るとコニーに「セレナは任せた」と伝えた。

「はい」

静かにそう答えたコニーは、もう既に立派な騎士の顔をしている。コニーを含めてセレナを守る女性騎士だけの護衛部隊を作ってもいいかもしれない。

それくらいだったら過保護ではないよな？

◆◇◆◇◆

旅を初めてひと月が立った。

ようやく私たちはバルゴア領にたどり着いた。馬車の窓から見える景色は、とてものんびりしている。

コニーが「あ、あそこに牛がいますよ」と指を差した。牛は緑の草原に散らばり草を食《は》んでいる。

広い畑にはたくさんの野菜が実っていた。

それを見たアレッタが「バルゴア領は、本当に豊かな土地なんですね」と呟く。

私たちが乗った馬車がたどり着いた先は、城壁に囲まれた古城だった。

バルゴア城は、王都の煌びやかなお城とは全く違う。飾り気のない城は、城というより要塞と呼ぶほうが正しい気がする。

馬から降りたリオ様が、馬車の扉を開けてくれた。

「セレナ、お疲れ様。早速《さっそく》だけど、俺の家族を紹介するよ」

年配夫婦が私たちを出迎えてくれている。男性のほうは、リオ様と同じダークブラウンの髪。女性のほうは、お母様であるターチェ伯爵夫人とよく似ていた。

「俺の父と母だ」

私は緊張しながら頭を下げた。

「セレナ＝ターチェです。ターチェ伯爵の養女です」

リオ様のお母様が「話は妹から聞いているわ」と微笑む。

「長旅で疲れたでしょう？　ゆっくり休んでね」

「はい」

優しそうな方でよかったわ。私がホッと胸を撫で下ろしたそのとき、リオ様が「シンシア」と呼びかけた。

リオ様の視線の先では、お人形のように可愛らしい金髪の少女が、柱に隠れながらこちらを見ている。

「そんなところでどうしたんだ、シンシア？」

リオ様は私に「俺の妹だ」と教えてくれた。

妹と聞いて一瞬、私は異母妹のマリンを思い出してしまった。

シンシア様に嫌われてしまったら、どうしようと不安になる。でも、恐る恐る私に近づいてきたシンシア様の紫色の瞳が、リオ様にそっくりだったので私は警戒心を解いた。

じっと私を見つめるシンシア様は、「すごい……本物のお姫様」と呟くと瞳を輝かせる。

「お姫様はバルゴアになんのご用が？　ここは田舎でなんにもありませんよ？」

リオ様が呆れた声を出した。

「何を言ってるんだ？　セレナは俺の嫁になるためにバルゴアまで来てくれたんだぞ」

ポカンとシンシア様の口が開いた。大きな瞳を見開いて、リオ様と私を交互に何度も見ている。

「こ、こんなに可憐なお姫様が、うちのクマみたいなお兄様のお嫁さん⁉　信じられない！　お姫様は、お兄様に騙されて連れてこられたんですか？」

シンシア様は、本気で私のことを心配してくれている。

「ふふっ違います」

「わっ⁉　声まで綺麗！　だったらお姫様はお兄様に脅されているんですね！　そうだわ、そうに違いない！　絶対そうよ！」

キッとリオ様を睨みつけたシンシア様。

「このクズ兄！　王都のお姫様を無理やり誘拐してきたのね!?」

「ははっ、そんなわけないだろう？　シンシアは相変わらず面白いなぁ」

リオ様はお腹《なか》を抱えて笑っている。

「セレナ、すまない。俺の妹は少し思い込みが激しいんだ。でも、悪い奴ではないから」

「分かっています。とても可愛らしいですわ」

私の言葉でシンシア様の頬が赤く染まる。その様子がリオ様にそっくりで、さらに可愛く見えてきた。

「シンシア様。私はお姫様ではありません。セレナと申します。リオ様の妻になります。これから、どうぞよろしくお願いしますね」

シンシア様は真っ赤な顔のままコクリと頷いてくれた。


どこまでも続く青い空に緑の大地。

バルゴア領に住む人たちは、誰よりも勇敢で、そして、優しく温かい。

ここには私を苦しめる人は誰もいない。

社交界の毒婦と言われていた私を知っている人もいない。
これから、想像もできないような幸せが、私を待っている。
そんな予感がした。

おわり

あとがき

こんにちは、来須みかんと申します。初めての方、本書をお手にとってくださりありがとうございます。そして、いつも応援して下さっている方もありがとうございます！

この『社交界の毒婦』は小説家になろうさんで連載していたときに、ツギクルブックスさんにお声がけいただき書籍化となりました！

担当さんにはとてもよくしていただき感謝しきれません！　本当にありがとうございました。

私の書く他のお話ではヤンデレヒーロー率が高めなのですが、リオはヤンデレ要素が一切ありません。書きながらなんて清々しい性格をしているんだといつも感心してしまいます。

セレナは外見と中身がまったく異なるキャラです。毒婦かと思えば、可憐で、可憐だと思っていたら無意識に小悪魔的なことをしてくるという！　もう存在がずるいです。きっとリオは、そんなセレナの魅力に振り回されて、これからも真っ赤な顔でクッションをバンバン叩いていることでしょう。

はい、話は変わりまして。私は今まで1巻完結の話ばかりを書いてきました。でも、この『社交界の毒婦』は、もっともっと書きたいことがたくさんあります。ぜひ続刊を書かせていただければ嬉しいなぁと思っています。

あと、リオの妹シンシアが主人公の本も出していただけることになりました。

『田舎者にはよくわかりません　～ぼんやり辺境伯令嬢は、断罪された公爵令息をお持ち帰りする～』よければこちらもどうぞよろしくお願いいたします。

ここまで読んでくださり、ありがとうございました。楽しんでいただければ幸いです。

２０２４年４月　来須みかん

次世代型コンテンツポータルサイト

ツギクル https://www.tugikuru.jp/

「ツギクル」はWeb発クリエイターの活躍が珍しくなくなった流れを背景に、作家などを目指すクリエイターに最新のIT技術による環境を提供し、Web上での創作活動を支援するサービスです。

作品を投稿あるいは登録することで、アクセス数などの人気指標がランキングで表示されるほか、作品の構成要素、特徴、類似作品情報、文章の読みやすさなど、AIを活用した作品分析を行うことができます。

今後も登録作品からの書籍化を行っていく予定です。

ツギクルAI分析結果

「社交界の毒婦とよばれる私　～素敵な辺境伯令息に腕を折られたので、責任とってもらいます～」のジャンル構成は、ファンタジーに続いて、恋愛、歴史・時代、ホラー、SF、ミステリー、現代文学、青春の順番に要素が多い結果となりました。

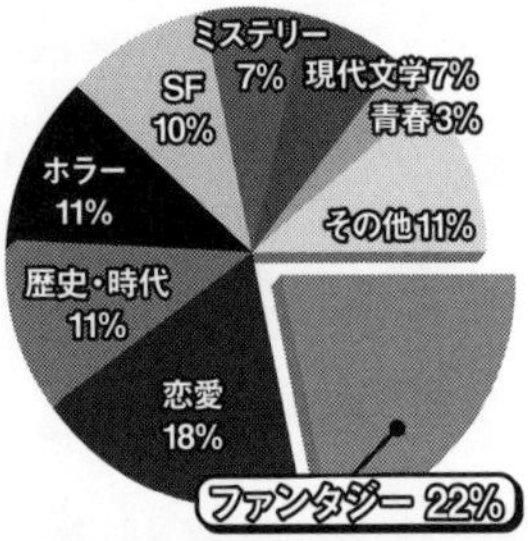

期間限定SS配信

「社交界の毒婦とよばれる私　～素敵な辺境伯令息に腕を折られたので、責任とってもらいます～」

右記のQRコードを読み込むと、「社交界の毒婦とよばれる私　～素敵な辺境伯令息に腕を折られたので、責任とってもらいます～」のスペシャルストーリーを楽しむことができます。ぜひアクセスしてください。

キャンペーン期間は2024年10月10日までとなっております。

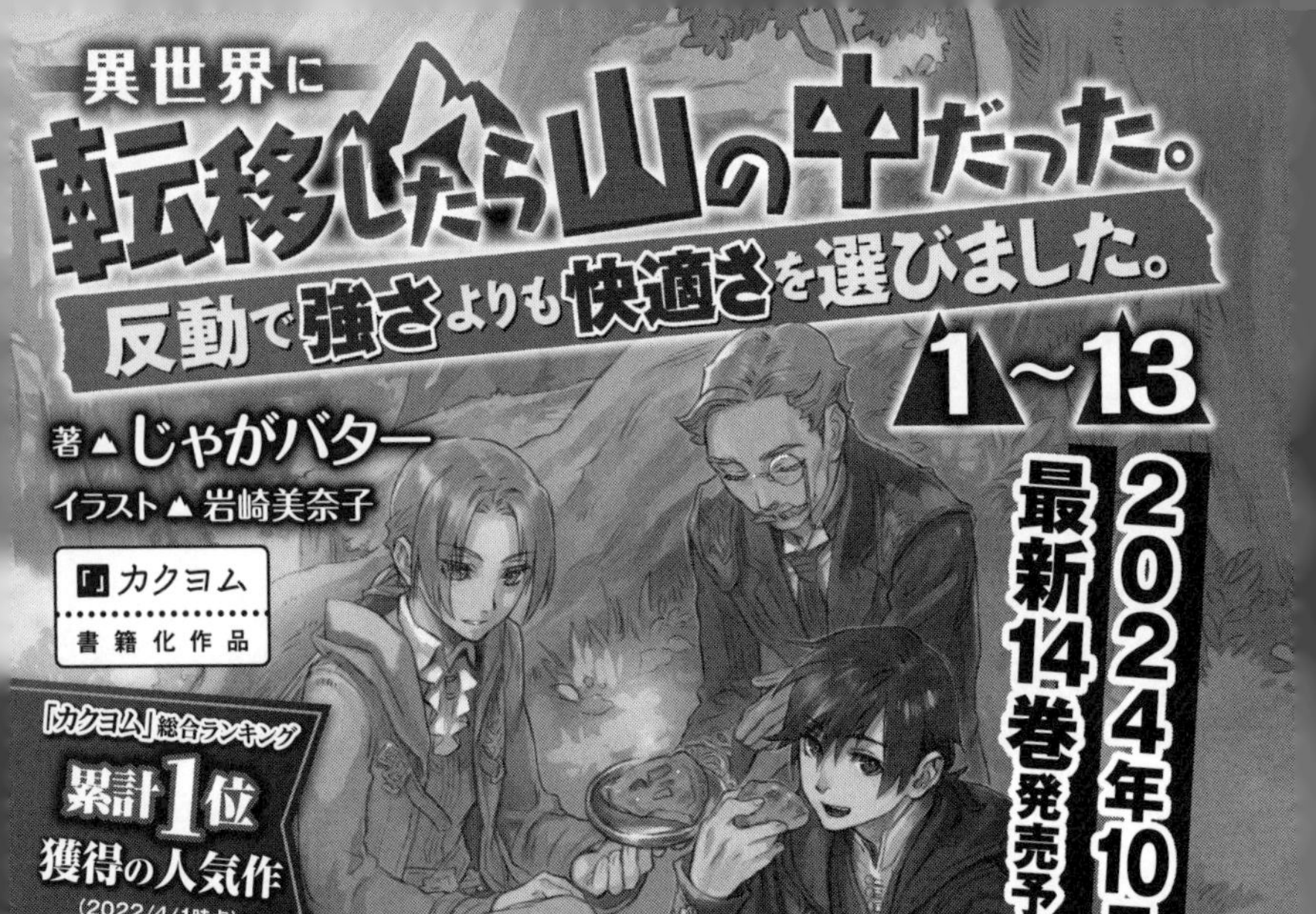

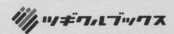

転生少女は救世を望まれる
1〜2
〜平穏を目指した私は世界の重要人物だったようです〜
目指すは
ほのぼの平穏異世界暮らし！
……のはずが、私が世界の重要人物！？
蒼井美紗
イラスト：蓮深ふみ

プライベート・ダンジョン
~田舎暮らしとダンジョン素材の酒と飯~
著：じゃがバター
イラスト：しの
鶏に牛、魚介類などダンジョンは食材の宝庫！
シリーズ累計65万部
『異世界に転移したら山の中だった。反動で強さよりも快適さを選びました。』の著者、じゃがバター氏の最新作！
これぞ理想の田舎暮らし!?
ある日、家にダンジョンが出現。そこにいた聖獣に「ダンジョンに仇なす者を消し去るイレイサーの協力者になってほしい」とスカウトされる。ダンジョンに仇なす者もイレイサーも割とどうでもいいが、ドロップの傾向を選べるダンジョンは魅力的——。
これは、突然できた家のダンジョンを大いに利用しながら、美味しい飯のために奮闘する男の物語。
定価1,320円（本体1,200円＋税10%）
ISBN978-4-8156-2423-1
ツギクルブックス
https://books.tugikuru.jp/

逆行した悪役令嬢は、なぜか魔力を失ったので深窓の令嬢になります
「フロースコミック」からコミックス好評発売中！
1〜7
著†蒼伊
イラスト†RAHWIA
魔力がなくても精霊と一緒に未来を変えます！

2024年7月、
最新17巻
発売予定！
もふもふを
知らなかったら
人生の半分は無駄
にしていた
1～16
著／ひつじのはね
イラスト／戸部淑
冒険あり、癒しあり、笑いあり、涙あり
もふもふたちに囲まれた
異世界スローライフ！
魂の修復のために異世界に転生したユータ。異世界で再スタートすると、
ユータの素直で可愛らしい様子に周りの大人たちはメロメロ。おまけに妖精たちがやってきて、
魔法を教えてもらえることに。いろんなチートを身につけて、目指せ最強への道？？
いえいえ、目指すはもふもふたちと過ごす、
穏やかで厳しい田舎ライフです！
転生少年ともふもふが織りなす
異世界ファンタジー、開幕！
定価1,320円（本体1,200円＋税10%）　ISBN978-4-8156-0334-2

ツギクルブックス

愛読者アンケートに回答してカバーイラストをダウンロード！

愛読者アンケートや本書に関するご意見、来須みかん先生、眠介先生へのファンレターは、下記のURLまたは右のQRコードよりアクセスしてください。
アンケートにご回答いただくとカバーイラストの画像データがダウンロードできますので、壁紙などでご使用ください。
https://books.tugikuru.jp/q/202404/dokufu.html

本書は、「小説家になろう」（https://syosetu.com/）に掲載された作品を加筆・改稿のうえ書籍化したものです。

社交界《しゃこうかい》の毒婦《どくふ》とよばれる私《わたし》　～素敵《すてき》な辺境伯令息《へんきょうはくれいそく》に腕《うで》を折《お》られたので、責任《せきにん》とってもらいます～

2024年4月25日　初版第1刷発行

著者　来須《くるす》みかん

発行人　宇草 亮
発行所　ツギクル株式会社
〒105-0001　東京都港区虎ノ門2-2-1
発売元　SBクリエイティブ株式会社
〒105-0001　東京都港区虎ノ門2-2-1

イラスト　眠介
装丁　株式会社エストール

印刷・製本　中央精版印刷株式会社

ISBN978-4-8156-2424-8
Printed in Japan